小貓流

只想成為我自己

環遊世界108天的航海日記

謝芬蘭——著

目錄

自序——謝謝你接受我的分享 006
第1天——日本／啟航了 010
第2天——日本／歲月的禮物 015
第3天——太平洋／搖擺的是人，不是海 018
第4天——太平洋／一切都有最好的安排 022
第5天——太平洋／因為關照，所以接受 024
第6天——中國／我選擇安靜 027
第7天——南海／海上的星星（閉關第一天） 031
第8天——南海／馬桶壞了（閉關第二天） 035
第9天——赤道／影子消失了（閉關第三天） 039
第10天——赤道／閉關結束 043
第11天——新加坡／星空鑑賞會 045
第12天——麻六甲海峽／與老同學不期而遇 049
第13天——印度洋／無緣的水手 052
第14天——印度洋／頂著貿易風前行 056
第15天——印度洋／108天的縮時攝影 059
第16天——印度洋／交換語言 063
第17天——馬爾地夫／天堂到了 066
第18天——印度洋／海風中的南海姑娘 070
第19天——印度洋／防海盜演習 074
第20天——索馬利亞外海／有感冒跡象 077
第21天——紅海／軍艦護航 080
第22天——紅海／嗚螺謝軍艦 082
第23天——紅海／用昂貴代價過清淨生活 084
第24天——紅海／海盜警報解除 087
第25天——紅海／海上運動會 090
第26天——阿拉伯海／夕陽從未讓人失望 093
第27天——蘇伊士運河／駛進運河 097

第28天——地中海／海上泡湯 100
第29天——希臘／雨中的神廟 103
第30天——亞得里亞海／旅行的休日 106
第31天——希臘／充滿垃圾的希臘小島 107
第32天——阿爾巴尼亞／阿爾巴尼亞的台灣廣場 109
第33天——克羅埃西亞／在古城豔陽下寫作 112
第34天——黑山／美麗黑山 114
第35天——地中海／又掛病號了 117
第36天——義大利／美麗的義大利市集 119
第37天——巴利亞利海／行程過了四分之一 122
第38天——阿爾沃蘭海／旅行的休日 123
第39天——西班牙／旅伴對了，心情也好了 124
第40天——摩洛哥／給每一天改變的可能 126
第41天——大西洋／大排長龍的船上診療室 129
第42天——葡萄牙／不變的葡萄牙 131
第43天——西班牙／錯失的米其林一星夜景 134
第44天——坎塔布連海／海上甄嬛傳 136
第45天——英國外海／郵輪上的麻將大賽 140
第46天——英國／英國聖母院的眼淚 143
第47天——愛爾蘭／雙層巴士看火災 146
第48天——大西洋／最後一碗白飯 149
第49天——大西洋／守候極光 151
第50天——冰島峽灣／吹落的纜繩 155
第51天——冰島峽灣／極光是恩典 157
第52天——冰島／金黃色的荒原 159
第53天——北大西洋／追逐極光的最後機會 162
第54天——北大西洋／行程過半了 165
第55天——北大西洋／是否該寫遺囑？ 169

第56天——北大西洋／參觀船橋 171
第57天——加拿大聖羅倫斯灣／大排長龍的美容室 176
第58天——北大西洋／跟隨別人歡樂起舞 178
第59天——美國／金碧輝煌的紐約夜景 181
第60天——美國／進不去的聯合國總部 184
第61天——大西洋／好久不見的藍色海洋 187
第62天——大西洋／要結束日文課嗎？ 189
第63天——佛羅里達外海／海上的按摩浴缸 192
第64天——古巴／錢是英雄膽 194
第65天——哈瓦那離港／海上三國 198
第66天——北大西洋／可以染頭髮了！ 200
第67天——牙買加／竹筏游過瑪莎布雷河 202
第68天——加勒比海／大自然包容了一切 205
第69天——巴拿馬／被黑道耽誤的科隆區 207
第70天——巴拿馬／船過運河 210
第71天——太平洋／生死無常 213
第72天——赤道／赤道有風 216
第73天——南太平洋／徹底斷線的網路 219
第74天——秘魯／與共產黨同處一室 221
第75天——秘魯／坐火車上馬丘比丘 225
第76天——秘魯／印加古城的大彩虹 228
第77天——秘魯／修道院地下室的白骨 232
第78天——南太平洋／旅行的休日 235
第79天——南太平洋／我去了，你沒有 236
第80天——赤道／夢中行過赤道 238
第81天——哥斯大黎加／靠近恐龍 241
第82天——北太平洋／每個人的內在都有一種緊張 243
第83天——瓜地馬拉／火山爆發後 246

第84天——瓜地馬拉／我是肥羊觀光客 248
第85天——太平洋／不為未來畫藍圖 251
第86天——太平洋／海龜來了 254
第87天——墨西哥／選擇獨處 256
第88天——太平洋／練習在人群中活得自在 259
第89天——太平洋／海上理髮 262
第90天——太平洋／人際大戰開打 264
第91天——太平洋／郵輪上的婚禮 266
第92天——太平洋／船上拍賣會 269
第93天——北太平洋／海上的夏日祭典 272
第94天——北太平洋／又有人吵架了 275
第95天——美國／把祝福織進毛線裡 278
第96天——美國／最後一個停靠港 281
第97天——美國／旅人的善意 284
第98天——太平洋／海上犀利人妻 286
第99天——太平洋／最後的待辦清單 288
第100天——太平洋／又說錯話了 291
第101天——太平洋／消失的一天 294
第102天——太平洋／每個人的總驗收 295
第103天——太平洋／珍惜眼前的幸福 297
第104天——太平洋／南京大屠殺的演講災難 299
第105天——太平洋／告別晚宴 301
第106天——馬里亞納海溝／最後的打坐 305
第107天——太平洋／行李送走了 307
第108天——日本／只想成為我自己 309

自序　謝謝你接受我的分享

超過五十年，每天再累也要寫日記的我，曾經因為現代人書寫方式從筆走向鍵盤甚至口述，漸漸受影響，停下幾十年書寫日記的習慣，飄浮在虛與實的時空裡，失去重心的翻滾在生活中。

《我的退休進行式》是退休前後花了三年出版的一本書，咻一聲，十三年過去了。退下工作之後的那段日子，我的生活改寫，大部分時間在修行、旅行中遊蕩。想想，台灣真是厚待我，一份退休金足夠讓我成為自由之身，雖然有許多譴責，但那份退休金有其時空背景，想來真無奈。

除了台灣大環境起落，世界也因為資訊革命而重組，每個人在雲端都可以有自己的發表園地，實體書的出版更是驚濤駭浪地各自努力保持住生存空間。

半夢半醒地觀看著世界的變遷，感謝女兒在這期間完成了生命的傳遞，讓我成為孫子口中的台北阿嬤。當看到生命的形成透過子女身上延展，好像完成了一個人最基本的任務。但，棒子遞出去了，然後呢？應該到了最後一段自己回老家的路了吧？怎樣去渡過人身這一劫，怎樣陪伴身體過完這一生。屈指一算，離平均壽命還有二十年！

感受著體力機能的衰退，看著身邊老到不能動的銀髮族，還是活動吧！活著就是要動，趁行動還算方便，就來個總結：環遊世界。

大姊和二姊夫即將七十歲，於是我們三個老姊妹和二姊夫相約一起同行。只是，每個人的機緣不同，後來大姊因為丈夫生病無法成行，她退出之後，我也開始學習安排一個人的旅程。規畫環遊世界一百零八天的航海之旅，超過半年的醞釀，期間許多變化細節，心中的擺盪很難說得明白。

時間的流就這樣將自己推上船，三個半月跟陌生人擠在船艙裡，迎接無法想像的航海之路。

如果沒有二姊、姊夫的同船，一切都會不一樣吧。他們的務實、熱情和投入，對照出自己的被動和好靜，這是老天爺的成全。他們的護航讓我可以維持一整個上午的寫作，下午探頭出來呼吸海洋，也隨著船靠岸，跟著踏上二十一個國家、二十五個城市的拜訪。

想在人群中維持孤立幾乎是不可能，以為可以維持靈修的生活狀態更是異想天開。離開了自己熟悉的環境，就是需要用全身的細胞去和環境互動，無法預測下一刻的風浪有多高，無法想像同一個事件別人是如何詮釋和解讀，既不能全然打開防衛系統，也不能不參與同一條船所面對的命運。

也許是我本身的過度敏感，也許原本就打算記錄發生的事情和內在心路歷程，每天看到四周的人事物，真是多到無法一一捕捉，加上這次的航程風浪特大，身心都承受著龐大的負荷，感覺再也沒有下一次。不過，並不是每個人都這樣想，在旅程結束之前，船方已經接受了許多人預購下次旅程，更有預約全家人同行。

在下船踏到平地之後，我持續感覺搖晃了約一週，才恢復走路時的平衡，我更欣喜的是恢復了天天寫日記的慣性，日子又有了根。到今天，我仍可以一閉上眼就與海在一起。

謝謝心靈工坊總編輯王桂花的播種，出發前我在去或不去間搖擺，她一句鼓勵我寫作的話，讓猶豫的心安定下來，決定了在航海歲月中修行的目標，成就一趟不一樣的旅程。

謝謝小貓流總編輯瞿欣怡用她年輕的眼睛，為這本書剪裁出不同的風貌，原本的紀錄分為四部分，第一個部分是我和親友們聊天的line，第二個部分是船上發生的故事有許多新鮮的主角，第三部分是每天發生在我身上的故事，第四部分是自己內在修行的變化。故事雖多，難免過度冗長瑣碎，所以很幸運我有小貓！

這本書注定要在我取得台北敬老卡的今年，與兩個雙胞胎孫子一起和這個世界接軌。一百零八天，真的會改變人，是否可以帶著改變回到原來的世界？會帶來多少變化？其

實，也將會是另一個一百零八天的開始……
最想說的是：謝謝你接受我的分享。

謝芬蘭在台北，一百零八年

第1天 ｜ 啟航了

｜日本橫濱

｜多雲，但有陽光｜2018/9/1（六）

親愛的大家：

今天要啟航了，108天航海喔……

離開陸地之後，沒有網路，我還是會每天上來報告我的狀況。我很難想像沒有line的日子，所以會假裝每天可以在網上和大家相遇。

現在，我們在甲板準備出航，有香檳、扇子，和彩帶，希望能拍到好照片！

我計畫這趟航行要每天寫日記。寫字讓我平靜，有時候不一定要記錄什麼，只要和自己完全在一起，看到內在變化。給自己時間去適應和接受，才能平靜地看向外在的世界。

今天恰巧是九月一日，以往是學校的開學日，新學期的開始；今天則是我的啟航日，環遊世界的開始。

九樓靠岸邊那側的甲板上，佈置了一個小禮台，面向岸上架了三支麥克風，隔五步左右的距離有一排椅子，是給特別來賓坐的。

經驗告訴我，那會是一段冗長的過程，我環顧四周，在角落坐了下來。可愛的服務人員用清脆的聲音告訴大家，和平號（編按）特別為這趟「第九十九航線」製作了涼扇，涼扇上寫這是第三十五週年懷舊之旅，可以搧風、遮陽，還可以跟送行的親友揮扇告別。

接著，另一批服務人員開始分送飲料，人手一杯，各自找同伴聊天。角落有個金髮藍眼的帥哥，拿著啟航的手舉牌輪流和大家照相。這趟的年輕人比例很高，也可能是啟航儀式這樣的歡樂氣氛，特別吸引年輕人。

特別來賓輪流上台簡短致詞，先翻成英文再翻譯成中文，每個人都用高亢的語調送出自己的祝福。有一位白髮蒼蒼的老人代表反核組織，大大誇獎了這艘輪船的貢獻。太陽愈來愈烈。碼頭上出現了黃色手帕，遠遠看去像是小黃花搖擺在風中，甲板上也再度準備好行頭，人手一捲彩紙，等待主持人發號施令：「せーの！」眾人一起拋出彩帶。

甲板上人群堆疊，大家都希望找個好角度，拍下精彩鏡頭，同時還得記得拋出手中的彩帶。我的椅子不知何時已經堆滿扇子、空紙杯，風一吹，未喝完的酒灑了一地，不過這時誰也不會在意這個。人們發出一陣歡呼，千百道繽紛的色彩同時奔向天空，快門聲、掌聲、歡呼聲壓過了風聲，岸上的小黃花搖擺得更加瘋狂。船身某處出其不意地響起螺聲，像獅子示威的吼叫，又厚又沉。螺響三聲後，和平號正式啟程。船尾的水手們忙著將手臂粗的錨繩，配合機器的捲動收放到捲軸上，船尾延伸過去的海面開始出現小小白色的浪花，浪花慢慢地變長、變長。岸上送行的人們看著船身移動，彩帶仍飄在空中，幾個小小的身影追著船跑，歡送的布條在風中飛舞，慢慢地變小、變小……

甲板上的人也慢慢地變少、變少。剛剛的垃圾很快被清除乾淨，甲板上只剩下風。走在無人的甲板上，依稀飄來烏克麗麗的樂聲，有一位男士自得其樂地自彈自唱。我想，要是我再年輕個十歲，應該會走過去和他一起高歌幾曲，可是現在的我，就只是隨著輕鬆的步伐，讓輕哼的旋律隨風而逝……

服務中心開始不停地重複廣播注意事項，我可以練習不去注意這些反覆播送的聲音，但有件事無法不引起我的注意，那就是船艙同房的三位女士。考量到預算，我選擇四人房，不過有經驗的前輩提醒我為了夜間上廁所方便，最好加價選擇下鋪，所以我還是咬牙加價選了下鋪的固定床位。

我是第二個進入房間的，比我先進房的洪小姐（小宣）悠閒坐在茶几前，觀察房裡的配備。房間小到很難轉身，尤其有一箱不明的紙箱行李大喇喇地擺在床邊，讓人窒息。不久，進來一高一矮的搭檔，兩人是多年的老同事，高的叫双林，至於小個子的那位，十多天後，我才在聊天中發現，她竟然是和我同一個指導教授的學妹！不過她們一進門就拉開嗓門聊天，讓我突然有種想逃跑的無奈感。可這不是早就預知的情況嗎？

其實家中有六姊妹，從小到大已經學會「共享」。沒有自己的房間，所有的東西都是共用。我向來就訓練自己不要堅持太多。和陌生人同房的經驗不算陌生，也曾從住校生活中學會生存之道。

我是什麼時候開始對這樣的環境感到無奈、想逃？

面對同房的「室友」，我有很多話想說，卻怕被認為「自我中心」。多花了兩萬元買下固定床位不是闊氣，否則我大可以選更好的艙等；但我又不願意嚷嚷這是因為我得常在半夜用洗手間。該怎麼說才能顧全氣氛，又照顧了自己的權益？其他人拆了屬於我的床頭櫃，以便有多些空間，這實在很不尊重人；我提出是否要安排時段使用浴室，也被否決。我的情緒已經高漲到快要失去平衡，當下決定離開艙房，出去平靜心情。

一到九樓甲板，就被夕陽的雲彩吸引。我用力推開玻璃門，迎著強大的海風，吹散胸中積鬱之氣。海面出現白頭浪花，代表風浪高於三級，圓圓的夕陽被海平面切開，發出濃烈的橘紅色光芒，一小段染紅的藍色天空橫在眼前，撐住上邊厚厚的雲層。雲層邊緣被金光框住，我這才發現雲的線條如此多變。此刻的天空有彩霞的絢麗，又有黑雲的遮掩，白雲則襯在最底層。夕陽迅速沒入地平線，留下風聲和海浪。

再好的美景都會消逝，再壞的心情都會過去。

走回房間的時候，就像切換到另一個頻道，放眼看去，一切變得不一樣了。細心又有旅行經驗的室友小宣在浴室準備了清香劑，讓大家免去忍受上一位的殘留異味；双林準備了很多書，打算在旅程結束後，留給和平號；精力旺盛又熱心的學妹，總是跳出來為大家緩和氣氛。

簡單的空間運作系統，慢慢形成中。

編按：和平號（Peace Boat）爲一九八三年成立的日本非政府組織（NGO），以宣揚和平人權、樹立友誼、認識世界爲理念，因此除了一般郵輪的娛樂活動，同時規畫了不少關懷弱勢、參訪古蹟的行程，船上也安排不少學習課程，增加參與團員們的互動。

第2天｜歲月的禮物

｜日本橫濱往神戶

｜多雲｜2018/9/2（日）

親愛的大家：

今天沒有太陽。

昨天的照片大家應該看到了，謝謝大家和我一起高興，還有好多祝福，很幸福呢。

我很愛桃子妹妹的回應：「108天，1代表自己，也代表神；0代表空或者滿；8代表無限。」

「108」這個數字在佛家也有許多意義，念珠的數字也是108，就像無限可能的未來。

許多的旅遊經驗，累積出今天的自己。今天的旅程又會帶來什麼？

到了我這個年紀，能做的事情愈來愈有限，看得愈多，敢做的愈少。這是歲月的禮物，讓我更享受生命的平和。

第一天忙著安頓，今天則大致就緒，感謝三位超級室友，大家都能夠把自己管理好。只要有人進到小小艙房，就是改變磁場，大家的行動都小心而客氣，我卻仍升起無處可逃的感受。

好想打坐，卻找不到一個平靜角落，到處都是人。

來搭乘郵輪的人，都不是來靜心的。這兩天去了船頭的大廳，算清靜，我還運動了一會兒，但獨佔公共空間終究不宜。找了許久發現，六樓有個祈禱室，是玻璃屋，也兼作燙衣間，私密又安靜，不如來這裡打坐吧。

我今天一早去了祈禱室，關了燈，拉上窗簾，讓自己安頓下來。船身一搖晃，隔間就嘎嘎作響，也無所謂了。到了七點半，工作人員過來把祈禱室變回燙衣間，我趁機告知要來這打坐，希望他聽得懂。

語言成了意外的牆，可以暫時擋住來自四面八方的騷動，可以聽而不聞。

難測的風雲盤旋在上空，船長決定提早離開，前往第二站神戶。這次的旅程有四個登船地點，橫濱、神戶、廈門、新加坡，日本旅客七成，台灣一成、中國、香港一成、新加坡東南亞一成，大約有一千名乘客，三、四百名服務人員。和平號的船型比一般豪華客輪小，但這艘三十五歲的老船，保養得很好。

到了神戶，船上又會增加三百名乘客，勢必更擁擠。

我還可以逃到哪裡？

我不停自問：我有那麼不愛和人接觸嗎？為什麼要不停地逃離人群？既然要逃離人群，又為何把自己關進充滿人群的船上？要如何和解自己與陌生人的關係？會到這裡，難道是海的呼喚？那麼，海又代表什麼？

然而，這一切都是自己的決定啊！

第3天｜搖擺的是人，不是海

｜太平洋

｜中浪｜2018/9/3（一）

親愛的大家：

今天開始起風浪。

以前幾次乘船旅遊都沒有遇到颱風，以為船大就不會搖晃，真是人算不如天算。船長下令提早離開神戶港，一路快船狂奔，加上風浪漸起，我在船上顛來倒去，終於吐出胃裡所有的東西。想起害喜的可怕，吐到胃都要翻出來，全身都沒力了……

船離開的匆忙，斷裂的彩帶或飄蕩在船邊，或散落在水上。離別就是這樣，有時五彩繽紛，有時來不及道別。

「搖晃」一直是我的致命傷，不穩定的感覺讓我害怕，不知道要如何停止晃動的世界。我從小就很會暈車，每次回鄉下過年都是災難，頭痛欲裂，坐也不是躺也沒用，結局就是吐了一車。如果來不及找到袋子，旁邊的人就遭殃了，連帶整車都瀰漫著恐怖的味道。因為自己處於極端的痛苦之中，幾乎不會知道痛苦之外的情況，例如別人嫌惡的表情、無處可逃的困境，或家人手忙腳亂的善後等等……清醒之後，聽到大家熱烈敘述經過，往往會有很深的罪惡感。

次數久了，我摸索出自己忍受的極限是兩個小時車程。每次學校遠足都讓我膽戰心驚，還好小學的校外教學路程都很短，如果是長途出遊，我只得放棄。我能使用的交通工具就是火車、捷運，在台北市就騎腳踏車。最幸運的是搭飛機不會暈，所以還可以到處跑。

之前我也有過短暫的郵輪旅行，很舒適，幾乎感覺不到搖晃，也完全不用吃藥。這次聽到服務台一直播送風浪大、船隻會嚴重搖晃、風大關門要小心別壓到手指、不要上開放式甲板活動、免費提供暈船藥、不要穿高跟鞋、要握著扶手走路……真讓我害怕極了，颱風究竟會帶來多大的搖晃？

果然，我還是暈船了。也和過去一樣，吐完才恢復神智。

有害喜經驗的人就很容易瞭解這有多難受，胃部痙攣，一陣接一陣反胃，肚子裡的東西不由自主地往外湧，非得吐光為止。中午的食物吐完，接著變了顏色的早餐也跟著出來了！感謝船上的清爽飲食，吐出來的東西不會惡臭，沒有奶餿味、酸味或腥味，至少嗅覺沒有受苦。喉嚨灼燒、滿嘴黏稠，又空嘔了幾次才停止。我快速用水漱口，把自己摔到床上。

晚上還有一連串的活動啊，今天是一百零八天旅程的序曲，有晚宴、雞尾酒會、舞會，以及跟船長合照。為了不浪費昂貴的旅費，我打起精神裝扮了一下，行禮如儀出席每個場合，照張相算是交代。

舞會繼續，我一個人走上頂層的甲板。長長的海平線上下移動著，海風吹起我的頭髮、衣裳，難免想像鐵達尼號的浪漫畫面，卻沒有感受到一絲浪漫，只是在想自己所為何來？

我是那麼急著逃脫人群，又為何把自己關進這艘充滿人的船上？無路可逃。

我真是如此不愛與人相處嗎？那為什麼我沒有選擇走入叢林深山？

我望著大海，上下移動的海平線其實是不動的，我的眼睛才是真正的搖擺不定。為什麼看起來反而是海平線在動？

我試著扭轉，告訴頭腦是誰在動！慢慢地、慢慢地，我開始認清我跟船是一體的，當海平線在平靜的遠處，我感受到船身的搖晃；海平線上升時，船身是傾斜的，我在下方；當海平線往下降，是代表我在的甲板是傾斜的上方。

我靜靜地校準自己內在的主觀意識。其實，真相是不動的，搖擺的是人們自以為是的認定。

第4天 ｜ 一切都有最好的安排

｜太平洋

｜海上有霧｜2018/9/4（二）

親愛的大家：

今早海上有霧。

神戶上來了300名乘客，到處都是人。清晨六點鐘在船尾的太極拳課程，根本連站的空間都不夠，本想去複習一下，看起來很難誒。你們一定猜到了，我落跑啦。

昨晚船上安排了許多活動，雖然我還是很暈，想到很多人在出發前託付我要連他們的份一起玩，只好勉強打起精神，還為了跟船長合照盛裝打扮了一番。這種社交方式不是我們習慣的，長長的人龍只為了跟船長合照，我心裡覺得船長的臉和我一樣，是撐起來的，他可是要和1,000個人合照啊！

今天起床很想和大家聊天，可是line已經看不到回應了。沒關係，會習慣的。

同房的室友們都是四十年次，有自己的分寸，也很會打理自己，房間維持得挺整齊，大家有默契錯開使用浴室的時間。相處算融洽，大家都不急著交談，也不冷漠。

二姊夫婦的房間就在旁邊，讓我可以在上午安心地寫作，慢慢找到方向。

我在八樓小圖書館看到一本有意思的書，《最好的朋友》。是本懸疑小說，陪伴我暈船，也幫我找到寫作方向。船上的書是採開架式，自由取閱，但不能帶離開八樓活動區。剛開始因為有許多更吸引人的事情，看書的人不多，我有了許多選擇的機會。

上路了，我相信一切都有最好的安排。

第5天 | 因為關照，所以接受

| 太平洋

| 陰雨天 | 2018/9/5（三）

親愛的大家：

昨天花了一下午的時間想在大海中上網，和大家保持聯繫，結果因為天候不好，衛星通訊不穩定，不但沒能上網，還因為網路連不上又切不斷，花了日幣2,000元買來的100分鐘耗到只剩32分鐘。

同船的乘客和我一樣焦急，上不了網也沒法切斷連線，白花花的錢就這樣流掉了。

也許我就是得用比別人更高的代價，來學會接受這個事實！同時，我也看到自己內心裡是多麼渴望和大家連結。

今天，失去藍天白雲的大海，是灰階的。

為了處理網卡，我哭了。我想搞清楚這是什麼情緒。

日本經理和中國女孩最後向我鞠躬道歉時，我管不住眼裡的淚，轉身快速離開。我走到右舷圍棋桌旁，選了一張最角落的椅子，面向大海，任由眼淚掉落。

這麼大年紀了，要多少內在情緒動力累積，才夠化成眼淚？眼淚又能掉多久？我觀看著自己的變化。

當我坐下來，隨著淚水傾瀉，同時聽見內心的聲音：「我什麼都沒做呀！為什麼是我要負責損失？」、「你們的解釋我不是不知道！不要再重複了！」、「為什麼沒有一個人可以回答問題？」、「我很有耐心地面對問題，很堅定又有勇氣追根究柢，是很棒的突破。但這些第一線的工作人員也是無辜的，他們什麼都不能決定！」、「我只是要你請可以負責的人出來瞭解現在的狀況呀！」、「原來賣家早把所有的風險都預做了防範，他們是不需要負責的？雖然大家都一樣被坑，並不表示這是對的！」

我內心念頭雜亂紛飛。負責處理的人態度冷靜有理，一定身經千百戰，我沒有任何佔上風的機會。最終我只能堅持至少要讓顧客更清楚所有損失要自己承擔。

終於明白丈夫為什麼一遇到狀況就先聲奪人，把所有相關人全都攪進來，轟轟烈烈吵一架，而且還通常是獲勝的一方！我以前總是怪他蠻橫，現在突然明白，要在強大的社會系統下殺出一條血路，原來需要很大的功力！

原來我的眼淚，是委屈。如果不照自己的想法去做，就只得聽別人的。才第五天，我就有了這麼大的情緒，因為處理網卡的過程而掉下眼淚。

我在衝突的過程中仍然保持覺知，看著自己的情緒，先是著急、困惑、擔心，然後提起勇氣、忍耐、堅持、抗爭，隨著情緒，決定行為，並努力跳脫退縮、委屈、認命的習性。等情緒滿到溢出，因為觀照，所以接受，並且允許眼淚奔放而出。

當然，我還是獨自進行這些過程，還是不願意讓別人知道自己內心依舊感到挫敗，不但抗爭無效，也無法消化源源不絕的情緒起伏。

明白了真相，情緒就過去了。眼淚就乾了。

重新抬頭向外望，大家都來去匆匆，尋找自己和夥伴，或者尋找有相同氣味的新朋友。許許多多的新鮮事，等待著被碰撞出來。

第6天｜我選擇安靜

｜中國廈門

｜多雲炎熱｜2018/9/6（四）

親愛的大家：

大船乘風破浪，逃開日本颱風的暴風範圍，悄悄停在廈門的碼頭。從甲板可以眺望鼓浪嶼，明明是豔陽天，卻因為空汙，讓另一旁林立的高樓群，只能看到灰灰的輪廓。

我在廈門的唯一行程是吃烏糖沙茶麵。小店面，幾個俐落的大嬸和老闆，應付長長人龍。他們只賣到中午1點，不收信用卡，剛剛裝了支付寶的機器，但仍以現金為主，這在中國挺稀有的。一碗10元起跳，有不少像干貝、龍蝦這類高檔的配料，可隨意加點。我看到有人點了兩大碗，算算居然總共要180元人民幣！這種消費水準應該超過台北了吧。

持續有人上船報到，乘客應該超過1,000人？

還好這是最後一批了。

昨天船行經台灣海峽，準備開往廈門停靠。在海上照相時，手機突然短暫閃出「中華電信」的訊號通知，我這才意識到：「嘿！我離家鄉很近！」

這種念頭很怪異，可能是因為四周充滿了日本人，讓我想起我是台灣人。以前在我的概念裡，海是大家的，對哪一國人都一樣。在這個當下，我想念起自己的國家，卻又希望人和人之間不要因為國籍而產生分裂。和平號上，許多人互相學習彼此的語言，努力搭起國際橋樑，在不同的文化中感受彼此的異同，既是障礙也是樂趣。

今天是第一次讓乘客上岸觀光遊覽。每個人都有自己的選擇，我們房裡四個人就有四個行程。我跟著二姊夫婦上岸，他們打算從廈門出發，參加另一個吳哥窟的行程，室友們則選擇參加廈門當地不同的旅行團。

為了登陸廈門，我一早就把當天所有活動都取消了，吃飽飯之後就是漫長的等待，還好有網路可以消磨時間，聯繫人間。打開網路，發現日本災情連連，小英新聞不斷，當然最多的還是忙著各式各樣的工作與煩惱。關掉網路，眼前的這個世界也是慌慌亂亂、吵吵嚷嚷。哪一邊的幸福多一些呢？

下船之後，先陪二姊夫婦去瑞頤飯店辦理入住，再一起打車吃了烏糖沙茶麵。觀光客任務達成之後，匆匆忙忙送姊姊、姊夫回飯店，自己則是帶著在烏糖沙茶麵店買的豆干回到船上。沒有什麼特別心情。天氣好熱。付十七元車資給說話聲音像蚊子的司機時，意外收到一個微笑！

意態闌珊地回到船艙，昨天那個年輕的經理不知道是職業反應，還是對於我抱怨網路有印象，主動和我說話，問我中文的天氣熱怎麼說，多少彌補了我昨天的委屈。

回到七樓，碰到管家馬那，請他來收送洗的衣服，一邊把要用的物品搬到二姊夫婦住的雙人房，七五房。

二姊夫婦去吳哥窟旅遊了，我從四人房換到雙人房，有了六天獨處的假期。把基本的東西安置好，船上生活有了不一樣的開始。我拿了杯開水上來，打坐片刻，竟然睡著了。醒來時正好是午茶時間，我打算去吃點東西看看書。結果才關上門就發現忘了帶房卡。這下可尷尬了，請服務人員來開門，換房間一事就會曝光。只好去公共區域閒晃一下，看看能不能碰到馬那。

在公共書櫃找書。先拿一本《老夫子》，好像不太夠，再選一本《幸會，陌生人》，中國出版的書，想想自己還有寫作任務，就這本吧！

選了窗邊涼快的小圓桌，快快翻完《老夫子》，讓自己心情輕快些。隨手又翻了另一本遊記。一個二十三歲女孩寫的，光看她父親為她寫的序就讓我眼睛一亮，繼續讀下去，我被她感動了。她有條件也很真誠地寫下自己的故事，透過這個女孩，我突然看到我把自己的心封閉了，我寫不出這樣溫暖的文章。我從女孩身上看到自己的不快樂，看到自己在人群中把人往外推。

我突然意識到自己的心如此疲憊。

出國前幾天，永育法師幫我清除內在，說我承擔太多別人的痛苦，都囤積在身體裡。我當時並沒有什麼特別的感受，只想起以前潔西幫我做冥想時，我產生亂語。亂語是一種靜心的方式，沒有組織、意義、規則，能幫助人清理內在。她也說她看到有很多靈魂附在我身上。我以為和學生或個案的連結不可避免，我也願意成為救難小英雄。個案結束後，我內心並不會有太多苦惱，卻常常愁眉苦臉，沒有活力。看到年輕女孩的世界，才相映出原來我的愁苦竟已這樣深。

照見自己萬念俱灰的心，我決定在七五房用三天的時間做小閉關，同時斷食，也順勢請船上重逢的小學妹做我的護法。

這是艘和平又自由的郵輪，有許多選擇，也需要許多決定和學習。而我選擇了安靜。想起我的人生格言之一：只要不分析、不批判、不抗爭，最適合你的事情就會發生。

第7天｜海上的星星（閉關第一天）

｜中國南海

｜晴朗｜2018/9/7（五）

親愛的大家：

為了安頓飄浮不定的心情，今天起3天，我在艙房進行3天小閉關。禁語加斷食。不要為我擔心，這對我不難。還有同船巧遇的小學妹，她要為我護法。接下來兩天不會向大家問好，3天後見。

昨晚安頓閉關小房間，發現自己的日用品比想像多。人果然還是需要舒適的環境，才能進入內在世界。

睡前運動並沒有幫助睡眠，整夜幾乎都是清醒的，恍惚夢著，夢中出現許多黑暗情境。我決定讓夢把內在的負能量帶走，不再去回想。

日出將近時醒來，決定出去拿水。並沒有預期自己會看到日出，一到甲板，太陽正好從烏雲中冒出來，蛋黃般的橘色，在雲層中顯得好大！我靜靜地凝視幾分鐘，做了幾次深呼吸。早上打算寫作，卻仍舊把書留在房間，是個犯規行為。書對我的吸引力實在太大，我果然還是無法自制。

開始打坐。第一座的那炷香後半部進入昏沉，殘留腦中的思緒縈繞不去。即便如此，能夠在人群中擁有這樣機會，很感恩。

第一天我只把注意力放在寂靜之聲、觀呼吸，光是這樣都得費很大力氣才能夠集中。艙房的地板因為引擎而震動，房間的隔音擋得住人聲，卻擋不住機械產生的隆隆聲。

心緒浮動，整個上午，打坐、看書、寫作，時間過得很緩慢。早上寫了一篇故事，改編了主角的背景和情節，比寫真實故事困難很多，初稿就讓我累了。

到了下午，習慣性地開始找尋食物。其實依以往斷食的經驗，我很確定三天不進食絕對安全，飢餓感是來自心理狀態，如果有本事向身體下指令，其實斷食期間不會有太多飢餓感。曾經有一年的時間，我每個月進行一整週的七日斷食，持續十二個月。那時有氣功老師帶領，是一次很有幫助的訓練。

斷食的第一個學習，就是發現：吃，對人是多大的動力！

斷食的第一個禮拜，我滿腦子都是食物，尤其開始意識到會有很久不能吃東西，就發狂地找食物，眼睛看到的所有東西，從餐桌、杯子、碗筷、瓦斯爐、廚房，全部都冒出食物。走在路上，會想起這個附近所有可以買到食物的地方、餐廳、攤販、7-11……

斷食還有許多過程。漸漸、漸漸，我熬過心的渴望和抗議，加上被要求爬山、練氣，身體被訓練好如何接受飢餓的挑戰。

那期間身旁的人都很不以為然，為我擔心。當我身體開始輕盈起來，旁人就說我氣色不好、憔悴；當我看到食物不起興奮之情，他們說我了無生趣。然而，我很慶幸那段時間，我的子女甚至和我一起進行清腸飲食，讓我不至於成為怪人。

後來進入內觀法門，老師們不允許斷食，我也就順服了。我其實還滿懷念那段艱苦又輕盈的日子。

第二次打坐完畢，小躺一下，又起來看書。接著做了點運動。下午太陽好大，只能關上窗簾，無法看到窗外的海景，二人艙房的空間足夠進行甩手功、元極舞和瑜伽，這個方便讓閉關更順利。

第三次打坐完畢，飲水沒了，需要外出去取，也想順便進行「經行」。經行，是帶著覺知行走，覺察每一次舉手投足的細部動作，讓整個人保持警覺的修行狀態。經行時要盡可能地放慢動作，慢到可以意識、分解每個關節的變化。

上了甲板，天空中被夕陽染紅的殘雲，逐漸暗去。人們三五成群在甲板上吹風聊天，此刻經行挺怪的。恰好碰到學妹，她剛泡完腳，開心過來寒暄，我卻回應得很勉強。她意識到我正在閉關，好心地說要幫我送水。我把感謝放在心裡，慢慢走開。我抬頭看看海上的天空，星星出奇地亮。出航前有人提醒，海上航行，最美的是星星。

拿了冰水後，賞給自己一杯熱飲，吹了會兒海風，滿足地回房。

閉關第一天真的比較難熬。開示的部分，我找了德加尼亞的「處處是佛法」當成開示，他強調覺知的重要，任何對象都可以是修行的對象，重點只在於我們是否保持覺知，觀察到一切細微的變化。覺知是不費力的，要保持輕鬆，太過於專注會帶來緊張，緊張會侷限注意力，也容易疲累。

我很認同輕鬆地保持覺知，也很高興選擇了這個作為打坐的提示。

第8天｜馬桶壞了（閉關第二天）

｜中國南海

｜大雨｜2018/9/8（六）

昨晚吃藥後睡得不錯，決定去和朝陽約會一下。

甲板上滿滿的人，有人打太極拳、有人在歐式步行、有人攝影、有人散步……海平面黏著一堆雲，擋住了初升的旭陽，不過太陽很快就會爬升露臉了。我找了一個無人空隙，靜心等候。海風輕輕拂面，陽光柔柔撫照，我深深吸取清晨的能量後，乖乖回房閉關。

怎知上完廁所竟然沒辦法沖水，這可為難了！只能請管家馬那來幫忙了。馬那是印尼的穆斯林，很年輕，卻已經有妻小，一年工作兩個船期，總共七個月。他的英文口音很重，溝通得半比畫半猜測。雖然閉關時理應禁語，但在道場閉關時也有事務長解決問題，我就把自己當成事務長，馬那就是我的護法！

馬那來了之後，見我比比廁所，馬上知道出了什麼問題，比手畫腳地向我解釋馬桶的原理。原來郵輪上的馬桶跟飛機上的一樣，會先用氣抽走固體，再用水清理。所以我只要等一下，等到氣足了，馬桶自然乾乾淨淨。感謝老天爺，我只用三、四個字就解決困境。這番折騰後，打坐的品質竟然可以達到以前閉關時的專注。

我按照內關閉關時的作息，用鬧鐘提示時程，每天三段靜坐，每次一小時。

大清早先到甲板食氣，只吸收光、能量，不進食，全神凝視初升的陽光，從丹田到心輪穿上頂輪到腦上九公分的位置，抛出覺知連結陽光，再回到心輪，深深吸進海上吹來的氣息。持續幾分鐘後，就滿足地回房打坐，還喝了點熱綠茶暖胃。

第一炷香順利開始。引擎聲隆隆作響，但是因為專注，體內靜寂之音升起，當注意力移到恆常存在的靜寂，機械聲就不再是干擾。盤坐時感受到從地面傳上來的震動，剛開始會造成分心，透過內觀無常的練習，身體的震動也可以無關緊要了。

第二次打坐，有些昏沉。打坐的品質不斷會有變化，人的注意力原來這麼容易被帶走，要一直覺知自己的位置，還要能回到靜坐的當下。練習幾萬次，才能把總是往外跑的注意力稍微拉住一點。定力不夠時，就只能眼睜睜看著自己陷入外境的誘惑，一去不回。難怪先知們要把外境當成天敵般戒備。剛開始我還覺得這是否太誇張，時間久了，真的看到自己對專注力出走的無能為力，才開始懂這是什麼意思。

打坐的品質進進退退，但這對我來說已經不再是沉重的負擔，就只是反映自己的現況罷了。只要有打坐，就可以帶來休息和穩定。難怪真正修行人需要出家，滾滾紅塵瑣事纏身，七情六欲恩怨情仇，無時不刻入侵。即使有機會搶時間閉關，重出江湖總還是會有大大小小的考驗，不停撼動閉關時累積的小小定力。

雖然這幾天有房間讓我單獨進行閉關，但航行的不安定感和噪音，還有人們的歡笑聲，都加深了不少誘惑和打擾。

第三次打坐，我可以較快發現到自己已經跳開當下的狀態，跟著思緒，進入未來或過去。當意識到時，只要提一口氣，感受氣在全身流動，就立刻回到當下。但沒多久又進入下一次跳開，跳開、回來，如此反覆，真正保持「空」的狀態時間很少。不一樣的是，當發現思緒跑走時，我終於有一點辨別力告訴自己「那些是假的」，幻象於是消失。有時看到自己編造出故事，偶爾看到自己的習性，可以用「喊停」來轉化，這對我是個鼓勵。

所有的修行，不過是讓自己安靜下來，以便看到所有的發生，不管對象是自己，還是環境。

第9天 ｜ 影子消失了（閉關第三天）

｜赤道

｜太陽高照｜2018/9/9（日）

起床前做了一個清晰的夢。夢中下著大雨，我卻必須去學校，得先練琴再去合唱接著要去打鼓。大雨惹人心煩，眼前卻出現一個滿是泥巴的階梯。我穿著薄底運動鞋，小心翼翼地走著，躲了泥巴卻踩到大便，階梯走到一半，居然還發現一灘灘的泥濘！心裡嘆口氣，翻身繼續睡。回到同一個場景，不心煩了，只盤算著該做的事。一樣下著雨，眼下看到的卻是雨水把階梯洗乾淨。雨水不停地流，可是我的腳步穩穩往前，輕鬆地走下去！當不帶著複雜心情看世界，前景可以完全不同，夢境輕輕鬆鬆呈現了這一點。

夢到這裡，我又像以前一樣，跳起來寫字。就像小說家在編故事，每一個人也都是在無名的狀態下，編織著自己的故事而不自知。人類的覺醒就是進化的開始，保持著覺知，靜靜觀察一切發生吧！

今天的第一件大事是，我們中午會經過一個沒有影子的地區。因為太陽在正上方，所有的東西都沒有影子。這是很難得的機會，以前想要確定看到的是不是鬼，就去看「它」有沒有影子，如今卻要在大白天找不到影子？真是什麼情況都可能發生！

我在甲板上找了一根柱子，觀察它的影子。今天太陽很大，只需要等待那個時刻到來。我坐在夾層的陰影下享受了一個小時的海風，眼睛一邊直直地望著柱子的影子慢慢移動。影子真的愈縮愈小，我不停按下手機拍照的快門，但總是會有某個角度還會看到一點點的影子，雖然也有看不見影子的角度，但總不如想像。眼看影子又漸漸愈拉愈長，我便結束等待，回到艙房，心裡有點失望啊。

閉關即將結束，慢慢復食。跟小學妹午餐時，聽說室友們已經開戰了。我在姊姊房間閉關，以為大家已經把生活管理得很好了。爭執的起因是浴室的使用有些衝突，加上過度直白的語氣，讓三人吵了起來。爭吵中還糾結著過往的不愉快經驗，包括工作人際上的創傷等等。我從清淨閉關，一下子掉回俗世。也許這是我的功課，注定到船上練習如何在滾滾紅塵中修煉。如何將閉關中學習到的狀態，運用到日常生活中。

回到暫時借居的房間，繼續堅持禁語、作息時間和八關齋戒。還是感覺時間很漫長，打坐卻變得容易了。今天右腿的疼痛又出現了，這次更清楚地看到心在擔憂、在預測、在準備如何減輕痛苦，也意識到覺知的力量在增強，有時候甚至可以自動回到當下。這個發現讓自己更有信心，繼續努力練習。

今天開始觀身體。把握住覺知的重點，將整個身體當成對象，不要進入局部過小的觀察，這樣可以讓覺知的範圍擴大，可以看到心的運作如何掌控身體、思考、情緒、說話、應對。讓覺知保持在一種居高臨下的客觀狀態，的確比較不費力，也可以漸漸加長打坐的時間。時空彷彿沒有止境，漫長而遙遠，好像沒有結束的時候。

閉關進入最後一天，有點覺得好像太快，又好像太慢。顯然有比較安定一些，也開始想像閉關結束之後要處理的事……

第10天｜閉關結束

｜赤道鄰近

｜下雨，28度C｜2018/9/10（一）

親愛的大家：

早晨結束閉關，神清氣爽，肚子很餓。別罵我自討苦吃啊！

昨天真是搞烏龍，辛辛苦苦在甲板等著沒有影子的中午，為此還中斷閉關（因為二姊和姊夫特別交代，經過沒有影子的區域要留影作證）。結果發現自己記錯了，今天才是看影子的日期！不過今天也不用太期待，因為太陽全被烏雲遮住了，本來就不會有影子……

清晨醒來，天還暗著。看到窗外突然幾道閃光，才發現已經六點多了。感覺怪怪的，前幾天五點多就有日出，現在已經快七點了，天還是黑的？想了一會兒，突然意識到不能用習慣性的反射思考來過日子，我不是在固定的陸地，而是坐著船往前，船載我們繞著地球跑，很快就會遇到冬天了！

上到九樓甲板，發現甲板全都是雨水，工作人員淋著雨來回準備早餐。兩天半沒有進食了，卻又還不到早餐時間。感謝有晨間咖啡，提供小片吐司和咖啡，光這兩樣已經讓我吃得津津有味。

期待半天，想要見識沒有影子的奇景。今天船會走過北緯四點五度，而太陽位於四點八度，幾乎就在太陽正下方，人會沒有影子。偏偏今天海上大雨，什麼都看不到；昨天豔陽高照，卻又不是最好的時間點。想想雖然弄錯時間，但等待的心境是一樣的。人生境遇也常如此，最剛巧的時間，卻撞上最不好的狀態。不期待才不會失落，才能放寬心感受海上飄雨的氣氛。

三天閉關的定力，抵不起幾個吵鬧的震動。室友們出現衝突，我要更珍惜這幾天的清淨。好好地做每個決定，好好地過日子，不要再花力氣攀緣搖擺。

我得準備好下一個階段的生活，活得更清楚一些，這是我可以為自己做的事情。

第11天｜星空鑑賞會

｜新加坡

｜陰天｜2018/9/11（二）

親愛的大家：

剛醒來就發現好安靜，原來船已經悄悄駛進新加坡的郵輪碼頭了。因為之前才剛去過新加坡，我決定留在船上享受人少的郵輪，到處走一走，去一些平時要收費的地方參觀一下。想想，其實我也可以去消費啊！難道只因為是舞廳、酒吧，我就不能去嗎？這真是老師這個職業的後遺症啊！

下午抓了空去聖淘沙遊樂場，幸運地找到好吃的肉骨茶和牛車水嘟嘟糕。其實更高興的是網路通了！希望你們看到我的line！

想念大家。

還在睡夢中，船就悄悄在新加坡的專用碼頭停好了。我們停船地點的正上方就是新加坡纜車。俐落乾淨的碼頭，井然有序地接送大小船隻，是個有效率的國家，而且這個家天下的國家，法律還會打人！旅客下船時一再被叮嚀，不要犯規、不要抽煙，連電子菸都不許帶下船。

趁著大家下船遊玩，我決定好好享受空船的安靜。這艘老船到處要修補、上漆，乘客不在，工作人員依然忙碌。走過平日人群熙攘的地方，只剩少數留下來的乘客靜靜地看書、下棋，顯然他們也愛安靜。

船寄港停靠時，船上許多服務會關閉，用餐區也會休息，乘客自己要留意。像今天，午餐時刻只開放四樓用餐。

這艘船有許多與眾不同的概念，比如因為服務人員少，無法隨桌服務，又不能將客人集中到指定的區域，所以除了晚餐有送菜服務，午餐採用「人龍策略」。所有服務人員列隊在餐檯兩旁，待客人拿完餐點，服務人員立刻接手拿過餐盤，並引領客人從最遠的桌子開始入座。一桌滿了再開一桌，避免人群分散無法及時收拾，也方便安插客人。這樣的安排有個意外的好處，可以每天跟不一樣的人吃飯，認識不同的人，也可以學習與陌生人打招呼。

今天吃午餐只有少少幾桌，服務人員無精打采，或許他們也想下船去玩耍吧。今天的飯友是來自台灣的兩位女士，難得可以用母語好好聊聊天。她們已經先下去探過情況了，現在是先回來吃午餐，下午還要去搭捷運探險，想試試直接用信用卡搭捷運。看到同胞們有膽識自由行很棒，但我內心總覺得先做好功課比較妥當。

想起我第一次在機場用信用卡領錢，雖然準備充足，事先都問得很清楚，等到真正要領錢的那一刻還是很挫折。當別人說「這有什麼難的？」時，我只能在心裡大喊：「對我來說就是很難啊！」我試到第三張信用卡才領到現金，簡直像中了大獎。每個人要面對的難題都是別人想像不到的！祝福她們一切順利。

晚上十點半，上甲板等待開船。領航船在四周來回穿梭，領著龐大船身扭到正確的位置。在三聲巨大的螺聲之後，從船身底下滾出泥沙，染濁了海水，領航船點起明亮的燈，接走大船上的領航員，功成身退，目送我們離開。我跑前跑後追著領航船，船頭看船後瞧，好不忙碌，竟然有點像追星族的粉絲。唉，我都超過六十歲了！

我的獨居生活隨著姊姊、姊夫回來，終究要結束了。感謝這幾天的調適，接下來要花時間找出這裡的生活步調。這裡會干擾的元素有元極舞、瑜伽、打坐，這幾天可以一日三炷香的打坐，真是得來不易。今天早上打坐到一半，學妹來電話想聊聊，我竟然跳起來就接下任務。這就是我的自動化反應，救難小英雄，毫不猶疑地出任務！明明內心很珍惜打坐時光，卻這麼容易就拋棄，去回應呼救，我是誰啊？

今夜船上安排了星空鑑賞會，關燈讓大家看星星，然而還是得要天公作美，才能心想事成。今晚的星月模糊，人定勝天乎？人定勝天是我們四、五〇年代的台灣人被灌輸的觀念。而我們用好多的時間，經歷許多風風雨雨、跌倒又站起來、失敗再失敗，才慢慢看清楚，努力不一定會成功，下雨後不一定有彩虹。有人選擇繼續挑戰，不願顛覆信守許久的價值觀；也有人把失敗歸因給其他人；有人放棄挑戰，退出戰場隨波逐流；也有人走向宗教，追求生命中其他的智慧。

說到底，每個人都在創造自己的生命歷程，只是覺知多少而已。大多數的人茫然懵懂，沉浮在生活的細節裡。

第12天｜與老同學不期而遇

｜麻六甲海峽

｜多雲｜2018/9/12（三）

親愛的大家：

船離開新加坡了，從南海穿過麻六甲海峽。來來往往的大小貨櫃船，一開始是9艘船同時航行在一個窗口大小的海面上，一下子又增加到19艘。數船竟也帶來許多驚喜！

這幾天，每天晚上都有特別安排的星空鑑賞會，天黑之後會熄掉甲板的燈，把光害減到最低。我剛開始擔心這樣會有撞船的危險，但這是艘有經驗的老船，知道怎麼安排最好，又可以讓大家有機會看星星看個夠。今天的夕陽被一大坨烏雲吞走了，上弦月糊糊的掛在天上，大部分的星星都被遮住了，不過涼爽的海風還是吸引大家走上甲板。我漫步走著，有一隻手突然搭上我的肩膀，回頭一看，這個笑咪咪的人不是我的老同學嗎？大眼睛上著眼影，一頂紅色的作家帽斜斜戴著，露出捲捲的短頭髮，顯得神采奕奕。

不約而同地踏上這趟旅行，又在甲板上不期而遇，我們在青春期同窗五年，一起經歷許多精彩歲月。畢業後各自忙碌，很少聯絡，這趟旅程將會再度創造我倆共同的經歷。

張同學是醫生世家出生的女孩，排行老大，全家從中部移居到台北後，自己選擇了就讀師專，注定終身從事教育，脫離醫生家族的軌道。如今的她未婚，活成一個好奇又熱情的人，其實她自學生時代起就給人離群獨行的印象，而她可以一直保持這樣開心的生活，引起了我的興趣。

邊走邊聊，她告訴我，新加坡靠岸時，她去參加了新加坡的食物銀行組織的行程。她嘰嘰咕咕地聊著這個組織，是個有錢也去不了的安排，也是她這趟旅行的特別選擇。生命故事太多，一時講也講不完，於是我們下樓到鋼琴酒吧，打算坐下來慢慢聊。看到她帶起了助聽器，至少會有一段長長的故事吧。

如今的她一人獨居，手足住在附近，得以就近作伴。單身生活中以花會友，還擔任兩種志工，在工作中一邊服務、一邊學習。

她為了這趟環球之旅，整整三個月都在學習相關課程，包括語言、電腦、攝影等等。她真的是有備而來，而機會總是給準備好的人。往後的時間裡，她果然成了船上的話題人物，最後還等到了最寶貴的禮物。

第13天｜無緣的水手

｜印度洋

｜藍天白雲｜2018/9/13（四）

親愛的大家：

早啊！

剛剛得知台北大雨，陽明山、社子都淹水了，大家好嗎？後天似乎又有個從南往北侵襲的大颱風，祝福家鄉一切平安。

航行在浩瀚的大海，不知身在何處，這是航海冒險中最驚險的元素。在《海賊王》的故事裡，人因海洋而渺小謙虛。

船上生活漸漸有了雛形，大家都有各自的規畫，我則為自己留下所有空白。除了三餐和家人一起吃，基本上我都單獨行動。看海是我的優先選擇，因為浩瀚、因為寬廣，所以有許多空間可以想像，包括回憶。我有一個關於海洋的夢。

我一直知道，每個人的心裡都藏著一個白馬王子或白雪公主。年輕時我覺得自己心裡藏著一個阿拉丁，他有魔毯、神燈、戒子妖精，我說什麼他都聽。他很壞，可是對我很好。儘管我一直覺得自己不是公主，長得不算好看，不敢奢望會碰到阿拉丁。但每個人都青春過，在我青春正好的歲月，還算清秀的外表再加上學音樂，還是有些夢幻情懷。

平日我穿得很中性，只有在出席有人熱情推動的相親約會時，才會穿個裙子、矮跟鞋之類。我的先決條件是單獨赴會，我不想要太尷尬或矯情的介紹。

我不覺得相親很遜，而是當成一個冒險又好奇的經驗！那可能是編號五或六號的相親了吧，只有一個餐廳名字和一個姓氏。我在約好的時間走進餐廳，用眼睛快速掃了一遍，看看誰有可能會是那個相親對象！

還來不及猜，就有一位男士站了起來。坦白說，要不是那個大肚子，給人的感覺其實還不錯，深褐色的短皮衣搭配同色系的休閒褲，一雙看起來頗新且硬的皮鞋。他輕聲問候，確定我是他正在等的對象。我自己是學聲樂的，會特別注意人的聲音，他低沉的聲音算是及格。初試過關，這是我打開話匣子的門檻，我不是外貌協會，但對人的頻率很挑剔，不對盤時，我會維持禮貌的笑容，簡短應答。

整個過程，我一邊忘我地說笑，一邊探聽他的相關情況，他則面帶微笑，有問必答。

他剛過三十。哇~~~差六歲。不妙……

建中畢業。賓果！

喜歡翹課。可！

喜歡打彈子、打架。好喔！

建中沒讀好書，考上海洋大學。可惜可惜……

畢業後服兵役當海軍，接著上船工作。今年第十年，開始跑遠洋，因為陽明海運缺人手，目前是接船長的工作。我眼睛一亮。

一年有十個月在船上，因為單身常常會幫有家庭的同事跑船期。

當開始進入他的故事，我想像他的生活，也問了一些細節：

一直在海上生活，感覺如何？

無聊的時候可以做些什麼？

你通常會選擇什麼？

為什麼打乒乓球，肚子還是會變大？

為什麼大家都不敢對船長出全力進攻？

「那，可不可以帶老婆上船？」此語一出，我趕緊摀住嘴巴……

這是幾十年前的小故事了。那天的約會，燈光好、氣氛佳，勢均力敵的交談，我到今天都還可以想起當時的俏皮和笑聲。阿拉丁明明已經降臨，可是因為年輕氣盛，他的省籍、他的年紀，現在看來都不是婚姻幸福的基本要素，當時卻想都不想地做了決定，放棄了這段可能的感情。

往後，只要被生活綑綁得透不過氣，我就會想像自己成了船長夫人，二個月相處，十個月想念，過著浪漫無拘無束的生活，如此就彷彿有一股海風吹過，心情上可以暫時鬆一口氣！

我用一輩子的想像，彌補曾失去的機會！

我突然明白，自己不會游泳、不愛沙灘，更痛恨暈船，卻愛定了大海。原以為自己是樂海的智者，其實只是大海裡藏著一個我永遠浪漫，和一點點遺憾的夢。

第14天｜頂著貿易風前行

｜印度洋

｜曙光微露的雨天｜2018/9/14（五）

親愛的大家：

昨天離開麻六甲海峽前，穿過一群美麗的島嶼，蘇門答臘。接下來會是漫長的海洋之路。

海浪突然增大，進入印度洋就會出現貿易風，古早時代的帆船特愛這樣的大風，船會走得比較快，有益於貿易。

下一站是馬爾地夫群島，人口才40萬的美麗渡假天堂，希望有好照片可以跟大家分享！

昨晚有場服裝秀，全船到齊，用一場服裝走秀，歡迎最後一批上船的旅客。海上生活要正式開始了。

郵輪進入印度洋，不只船速更快，也感覺到風明顯變強，親身體驗對古時買賣交易影響甚巨的貿易風。這是自然的力量。船身又再度搖晃得像搖籃。上船快半個月了，這回不像上次，吃了藥還吐，哪怕再容易暈，終究還是會適應吧！

早上太陽奮力露出雲層，世界卻仍然是黑白的。遠處的烏雲很快帶來雨水，戶外旅客草草結束早餐，返回船艙。

航行環遊世界，得不斷調整時間，弄得所有人都很混亂。到日本要調早一小時，到廈門又往後調一小時，過了新加坡得調整，昨晚又再調整了一次。在陸地上可以依賴網路校正，海上沒有網路，無法偷懶。等航行到馬爾地夫，已經跨越三個小時的時區，真怕生理時鐘無法一下子跳三個小時，睡覺、吃飯恐怕都會糊塗了。

早晨錯過打坐，想去聽課。走到船上教室，發現上一節課程未完，回到房間發現其他人也碰到同樣問題。這真是習性大考驗，看看人們的適應能力有多強。

下午，台灣的旅行社號召台灣旅客們大合照。風大太陽也大，沒有全員到齊。有人帶了面大國旗，隱約中感覺有點怪怪的。

船上的電視開始播放到馬爾地夫旅遊的說明，比較有趣的是有十二張提示，是遊客們接下來如何配合防制海盜侵襲的方法。聽說日本還會派軍艦護航呢，讓我想起《海賊王》的漫畫！

每天早晚我都會上十樓吹海風，幸福如此靠近。不需要穿過沙灘，也不需要泳衣或太陽眼鏡，身上不用沾滿沙子，就能有海風清爽掃過全身。有時微弱輕柔，有時狂暴。即使狂風吹起衣裳吹落帽子，我都欣然承受。

我真的很喜歡大海，以往只能偶爾享受一些海風，如今俯拾即是，大口大口吞食，只需要爬三層的樓梯，早有日出晚有夕陽。我曾經多次等待日出、靜候晚霞，總忍不住驚豔後又濫情地讚嘆。

十幾天的船上生活，一次次面對大自然的揮灑，白雲是素材，陽光是色彩，天空是畫布。時間從不猶豫地揮筆，分秒不羈千變萬化，風一吹重新組合，又是一番風景。有時靜默片刻，陽光就勤快地放送，頃刻間火燒雲出現眼前，還來不及驚嘆，太陽親自演出下墜海平線，接著晚霞雲彩接棒演出。曾經有朋友熱情起立，對著夕陽霞光秀鼓掌，如今，我凝視之餘打從心底臣服，大自然的美，何須掌聲。

第15天｜108天的縮時攝影

｜印度洋

｜陰晴不定｜2018/9/15（六）

親愛的大家：

在海上航行，一天當中可能會碰到所有的氣候型態。早上晴天，晌午烏雲密佈，午後下了陣雨，漸漸放晴，只剩細雨時天上就會出現半圓完美的彩虹！接著，星星、月亮、夕陽同台演出，大家忙著攝影，捕捉瞬間變換。

在這一刻放下忙碌的心，深深地融入這一切，讓海風忽強忽弱的穿透身體，隨浪頭忽高忽低的搖晃在大海中，這是我的水手夢啊！

今晚有明日之星表演，由8個1到5歲的小孩揭開序幕。這些小朋友都是免費乘客，為大家帶來許多生氣，博得大大的掌聲和口哨聲！

周圍的人漸漸都有了自己的日程表，船上的每日新聞刊登當日課程，每個人各自圈選。船長每天例行報告航海資訊：航行地點、天氣概況、風浪大小、日出日落時刻，順便跟乘客們問安。

船上的安靜角落愈來愈難找，許多房間也傳出爭執。同學的房間進來了第三名乘客，四張床都擺滿她的東西。另一間艙房多了一個香港人，洗完澡濕衣服亂掛，搞得到處滴水，還光著身子走來走去。另外還有兩個年輕女孩為了床鋪分配與使用區域吵了起來。

我自己也有需要搞定的事情。全員到齊後，空間分配更擁擠，船上已經找不到任何不被發現的角落了，我決定試試在房中打坐。一上座，卻發現很難靜心，萬念紛飛。在身體、念頭裡，在各種聲音交互的環境打坐，真的很需要堅持和毅力。

昨天坐在房間地上打了三個時段，隱約聽到三次開門，但都沒人進來，還有一次是小學妹進來拿東西，很快又出去了。後來室友們都說被我嚇到。唉，連在房間打坐都不可得了。我一定要再找出不同的辦法，因為這趟不只是旅行，更是生活。

今早決定回祈禱室，其實是燙衣間和乒乓室的清晨時段。每次都只有我在用，本想這樣會讓工作人員無法佈置場地，但我幾乎無處可去。郵輪必須把環境空間緊縮，加上是日本系統，透過制度創造秩序，在人口密度高的時空下如何維持一定的生活品質，是個考驗。穿梭其間更可以體驗到系統是如何在運作。

每隔幾天，船上工作人員就要進行演習，今天也是，先是服務台廣播今天進行員工演習，提醒會有一長七短的警報聲，專為訓練用，敬請原諒。過了一下，又廣播會關閉某些通道和門窗，敬請原諒。接著船長自娛娛人，用輕鬆頑皮的聲調說：「這是演習這是演習這是演習……」通常郵輪的演習不會這麼頻繁，這艘船比較特別，不知道是因為船太老？還是航行在大風浪中？還是日本人仔細的習性使然？演習雖然有點吵，卻讓人感覺放心，一切都在掌握中喔！

看著工作人員專心固守崗位，我心中很佩服。無論是什麼國籍的員工，都沒有閒置的人力，打掃裡裡外外，走廊安全門、把手、樓梯內窗，無一遺漏。甲板上那些外露的機器、引擎救生艇，也都被照顧得好好的，雖然一個浪頭帶上的海水，把剛擦過的地方打濕了，下一波的擦拭還是進行著。

每個公共區都是多功能運用，像是祈禱室，就兼用來燙衣服、打乒乓、小組課程。每天按表拆裝，整齊收藏。這些看起來不起眼的工作，每一項都要有人操作。反觀自己，一直都逃避反覆無聊的小工作，直到退休後才意識到被自己遺漏的功課：老老實實地操作生活細節。

時間又調慢一小時，也就是多出一個小時，做了例行的吃飯、散步，連洗澡什麼都做完了，才七點多，第一次感覺漫漫長夜，竟然有些不知如何是好？只剩一個電影活動，核爆後的仿紀錄片，看不到五分鐘就無法繼續，怕又要迴盪許久。走到中央區，年輕人寧願成群結隊地玩耍，他們的眼光在外面！

愈活愈明白，我們的世界都是自己一塊一塊拼貼出來的，身上貼著這些便利貼，不管去到哪裡，都會活成原來的樣子。

這艘船是世界的濃縮版，是歲月的快轉跑馬燈，這趟一百零八天的航行，是生命的縮時攝影。

第16天｜交換語言

｜印度洋

｜細雨沒有日出｜2018/9/16（日）

親愛的大家：

沒有陽光，直接影響到心情。聽說颱風從台灣轉向菲律賓，鬆了一口氣。

在船上生活，除了有滿面笑容、互相問好的人，還有音樂。不同地方有不同的音樂放送，加上廣播，服務台會報告一天的安排、船長報告航行資料，營造出和善、歡樂的氛圍，身在其中就會跟著起舞。

船友們都利用這個好環境和機會，努力結交日本朋友，增進自己的日語能力。我心裡只設定自己學到能和小朋友交談的程度就夠了。

心裡想起第一天同桌吃飯的母女三人。安安靜靜、客客氣氣，小聲和同桌交談，她們的低調很讓人欣賞。

和船長照相那晚，大家盛裝赴宴。年輕媽媽一家人穿著黑色系的服飾，很有設計感，戴上小小的飾品、髮夾，帶著靦腆的笑容出現在餐廳的樓梯。媽媽的小禮服因為上妝而顯出質感，黑短靴上停留了大大的、桃紅色毛茸茸的花。舉止間散發出教養和謹慎。

再度見面，我們很自然開始互相介紹，日文不通就用英文，得知她的兩個孩子一個十歲讀小學四年級，一個十二歲上國一，小的在家自學，大的就讀一般學校，為了這趟旅行還得向學校請假呢。媽媽蒼白清秀的外表，看起來很年輕，就算說是姊姊也不為過吧。因為我們用英文交談，媽媽就鼓勵兩個小孩自己回答問題，我想如果只有媽媽自己一人，她應該會不想跟陌生人講話吧。那天的接觸，讓我們在之後碰面時會打招呼，或乾脆一起吃飯。因為吃飯的緣故，更認識了Akila（十歲的妹妹，後來我都稱她「阿奇拉」），決定邀請小妹妹交換語言。姊姊的名字是Soyoei（很難記，我私下都寫成「所有易」），她進入青春期開始不理人，我便和她們的媽媽討論那就先從妹妹開始，如果姊姊有興趣，再加入我們。

今天早晨要上第一堂課。當過小學老師的我並不擔心課程安排，所以並沒有計畫要如何進行，只是覺得和小朋友一起應該要放鬆些，打算用玩耍的方式相處就好。沒想到，原來自己遇見了明日之星！我們暫且比手畫腳，學了五個單字。不過明天就要到馬爾地夫了，這是重點景區，大家都會下船觀光，勢必要停課，真是個不好的開始。

今天船上舉辦熱帶水果品嚐會。船上提供的水果量很少，畢竟貯存空間有限，為了補充水果，我特地報名了這個品嚐會，沒想到付了錢卻忘記時間。因為只限二十名，所以不另外通知，我壓根忘了這件事，等想起來時已經結束了，留下一個小小遺憾。

第17天｜天堂到了

｜馬爾地夫

｜什麼都有的天氣｜2018/9/17（一）

親愛的大家：

終於等到我期待許久的夢想之地，馬爾地夫～～～

今天真的很幸運，早上天空佈滿烏雲，真怕看不到藍爆的天和透明的海水！還偏偏參加的是日本團，什麼都聽不懂！

不知道是哪個聰明人說的：「當你不抗拒、不分析，最適合你的事就會發生。」結果真的就是這樣啊！我們搭上飛奔的汽艇，衝破海浪和烏雲，5分鐘就到達傳說中的碧海藍天之地！眼前是建在海中央的草房，木頭步道連到天邊。還有期待許久的網路，立刻滿足了網民的飢渴。

欲望被滿足後，果然是全身舒暢、輕快興奮啊！馬爾地夫，我朝思暮想，卻又被旅行清單遺忘許多次的嚮往之地，是這趟旅行的重點之一。我咬牙買了這趟旅行中最昂貴的岸上觀光，姊姊則選擇了高檔的一島一飯店行程。我的行程只有日文，沒有翻譯。我想，美景不需要翻譯，這也許是個好事。

我們的領隊是兩個年輕人，一男一女，男生是騷莎舞老師，日本武士的五官加上適中的體型，帥呆了；女生是個兢兢業業的大女孩，很陽光。一群規規矩矩的日本人，搭上快艇往夢土前進。

二十六個環礁群，拼出擁有兩千個圓島的國家。特有的地理環境讓海水清澈見底，未被破壞的海底景觀，走不到三十步就可以看見浮潛勝景，踩上奶粉般的白沙，觸感終身難忘。海上屋造型，沒幾年就成了名列前茅的觀光勝地。

戴上亮藍色的識別手環，通過一個小牌樓，進入眼簾的是久別的綠油油植物。海上十七天除了生菜沙拉，就沒看到其他活生生的植物，尤其在酷熱的海島上，竟然養殖這一片綠，真讓我感動！

走過旅客中心，領隊交代完午餐、網路、返船時間，就放牛吃草啦！有種說不出的暢快感，環顧四周，無處不美，除了曬得人刺痛的陽光，這裡就是天堂了！

在這即將被溫室效應淹沒的國度，他們堅持在每一個細節保持這裡的風貌和便利。獨立的海上屋乾淨舒適，每個海屋都有自己的通海樓梯，透明的海水映著藍色的天、白色的雲。喝了飲料後，人群散開，各自浸泡在小島的寧靜中。

午餐是重頭戲，我這個素食者早就放棄對餐點的期待，能坐在美麗的海景岸邊進食，對我就已經是一百分了。沒想到體貼的大廚特地為我做了一道青醬義大利麵，讓我感動到差點噴淚。我難得要求菜單，青醬曾是我的最愛，卻因為大蒜而無法一解相思，現在這盤為我而來的青醬麵，讓我的滿意指數瞬間爆表！神給的，比你要的還要多。真的！

除了看到夢想中的奇景，下午陣雨後，又在短暫的時間裡出現晴、陰、雨，起風起浪、雨過天晴的各種風貌、氣溫，能夠這樣被成全，是多大的幸運！

這一切都還沒完呢！就在上船的前一小時，飯店為了上午無法租借浮潛蛙鏡感到抱歉，免費提供用具讓我們使用到離開。大部分人已經清洗完畢不想下水，陽光女孩著急地告訴我們，可以在很近的距離看到魚喔，很多很多魚！我心一橫，穿著防水運動衣就下水了。帶著浮潛蛙鏡，把頭栽進水裡，上帝就在那裡！

游過不到五公尺的細沙，腳下立刻出現高高低低的珊瑚礁，讓人寸步難行。趁著卡在原地，低頭往下一看，竟然是彩色的石頭，美麗的魚在手邊游來游去，又黑又大的海蔘就在腳下，真不敢相信如此美麗，所有夢想，一次到位！不要笑我大驚小怪，我驚嚇的是即使這些事情都曾經歷，但當它們在片刻中同時展現，除了驚喜，更感受到人的渺小與謙卑啊。

第18天｜海風中的南海姑娘

｜印度洋

｜晴天｜2018/9/18（二）

親愛的大家：

昨晚開航後，許多人因為在馬爾地夫累壞了，早早上床休息。我想到未來12天要避開海盜，失去些許自由，就上甲板吹吹風。沒想到9、10樓的甲板上，愈夜愈美麗，不少年輕人精力旺盛地聊天、跳舞，半邊月也不甘寂寞地透過行雲俯瞰著我們。

海風從來不吝嗇，我坐下來哼著夜、月的歌曲，讓披肩飄在風中起舞……

明天有防海盜訓練，船上特別企畫許多電影：《美女與野獸》真人版、《歡樂好聲音》、《博物館驚魂夜》3，之前因為沒有中文字幕，遭到香港人抗議，這次就有兩部有中文字幕了，頗有效率。

船長報告：今晚6點20分日落，明天5點22分天亮！

早上等不到阿奇拉同學一起上課，在四樓拐來拐去，找到她們的房間，放了字條。這對小姊妹中午在兩小廳開講，想必她們會受到更多關愛與注目，也許難再續前緣了。後來才知道我們彼此不斷錯過，最後是媽媽帶著孩子來我的房間，面對面地約定好隔天上課時間。媽媽的堅持和陪伴對孩子是很好的教育。

課程搞定了，打坐卻遇到阻礙。學妹正式要求我不要在房裡打坐，她會害怕。原來不是每個人都用正向思考來看待修行和打坐。

這些日子我保持深居簡出的作息，過午不食，室友們開始懷疑我來這趟所為何來？感覺得到一些輕蔑的態度。我無所謂，我知道自己在做什麼。

郵輪上的一百零八天，是我送自己的一個完全自主的時空，雖然昂貴卻十分有價值。我想練習，當大家努力抓取、追求、吞噬精神物質經驗的時候，如何堅持自己的無為或愚蠢，同時保持著覺知，看見自己。

原本是拿寫書當藉口，離群索居，脫隊而行。剛開始連自己都不確定是否行得通，後來漸漸知道，這個理由只是讓我把自己裝進和平號，過著什麼都不要的日子。

想要特立獨行就不能享受團隊的護衛或支持，當你什麼都不做，別人就什麼都不給，自然而然就會被邊緣化。既然是自己的決定，就要去接受一切後果。練習在這個密集而快速移動的時空中看見自己。

離開馬爾地夫後就進入海盜警戒海域，活動範圍被縮減，人的距離更擁擠。昨晚特地上甲板吹風，幾個中國人互相叫喊著看到海豚跳躍，還拍照錄影了。我請他讓我看看，他說現在不行，萬一再出現會來不及捕捉畫面。說的也是，自己真有些唐突。

我自在地繼續坐在那兒吹風，天上的雲彩時刻精彩，有沒有海豚並無多大差別。後來那位先生有找出照片，感謝他沒有忘記我。

夜深了，我吹著海風唱歌：

夜風穿過銀浪
新月撥雲偷看
看見金色的沙灘上
獨坐一位美麗的姑娘
眼像星樣燦爛
眉似新月彎彎
穿著一件紅色的沙龍

紅得像她嘴上的檳榔
她在輕嘆
嘆那負心郎
想到淚汪汪
濕了紅色沙龍擺衣裳
哎呀南海姑娘
何必太過悲傷?
年紀輕輕才十六半
舊夢逝去有新侶作伴

感謝,這麼美的夜晚!感謝,月亮聽我輕唱。

第19天｜防海盜演習

｜印度洋

｜多雲｜2018/9/19（三）

親愛的大家：

今天早上9點我們要舉行的，不是防空演習，是防海盜演習！防盜鈴響起，管家們把大家趕回房間，拉上窗簾，鎖上房門。大夥兒不知道可以做什麼，就看起《甄嬛傳》。和以前躲防空洞的心情有點像，記得以前躲演習會在防空洞裡的地上畫圈叉玩。

聽參加多次的乘客說，曾經真的有持槍的人跑到船上，還把有家庭、沒家庭的人分開，但沒說清楚在做什麼⋯⋯

今天大家準備要防海盜演習，都沒走遠。活動空間被限制，索性開始追劇、打牌、看電影，防盜這段時間有更多限制，把人和人更壓縮在一起。

船上感冒的人增多了，我喉嚨有些癢癢的，不敢咳出聲，趕快吃藥、喝水、睡覺。本擔心會影響日文課，沒想到阿奇拉比我嚴重很多，帶著衛生紙來上課。我們一起去九樓餐廳，沒人，真好！比手畫腳半天，她擤了滿桌衛生紙，偶爾糾正我的發音，新的生字怎樣都記不起來。我真的要花時間練習才行。學習可以減緩老化。

昨天聽說有中國人跟了岸上觀光的印度團，卻不幸游泳溺斃，那裡沒有火化場，只好冰凍後送回上海。這件事似乎無從求證，因為死者的太太也跟著回上海了。這樣的晴天霹靂，任誰都很痛心啊。

船上的環境，是屬於學習、歡樂的人，我一意孤行地堅持平靜、簡單，看起來一定很怪。我得天獨厚有個家人可以倚靠，有地方可以躲避，也讓人側目。尤其自己又不去和人交流，就是一種驕傲。說實在，誰理你？

防海盜演習剝奪了大家的活動空間，為不打擾別人的平安，決定不在房裡打坐，這些都是生活中的困難與適應，我能以耐心、勇氣、覺醒和決心來面對這一切嗎？這就是我的教室。

原本習慣早上寫筆記，這幾天都無法執行，加上和小朋友上課的約定是十點，完全打斷完整的時間。在在都是考驗啊！得之後失跟著來，這也是自然。

回房後，學妹宣判我找小朋友學日文的策略是錯的。我知道她是出於嫉妒，希望她能找到自己滿意的學習夥伴，不要再挑我的毛病了。

想到幾句話：

眼鏡丟了，可以再買；

歌聲孤寂，可以自賞；

要求被拒，可以難過；

當自由失去了，可以怎樣？

就順服地活著吧！是這樣吧？

就這樣！

第20天｜有感冒跡象

｜接近索馬利亞外海

｜藍天白雲｜2018/9/20（四）

親愛的大家：

昨天晚上大副帶著工作人員，一個一個房間檢查燈光和窗帘。公共區已經遮得密不通風，上甲板的樓梯也封起來了，防海盜是來真的！他們的工作態度令人欽佩。

郵輪旅行必須一直調整時差，昨天又調慢一小時。在十二點時，把時鐘調慢一小時，等於要多過一次十一點。這已經是第四次了，整趟航程我們會調二十八次，最後再往前調快回到原來的時間。這是和時間玩捉迷藏的遊戲，更讓人清楚體會自己正脫離時間和生活的軌道。這個遊戲般的任務，一直到最後都持續進行，也成為特殊的海上文化。

開始有感冒的跡象，昨晚睡覺戴口罩，也吃了藥。雖然只咳了一、兩聲，但已經讓室友們很不安。

翻開余德慧的書，剛好是時候。修行是動詞，把A變成B，把不知道的變成知道。在人海中生活，走在道上就像摩西走在紅海，要有海水為你打開的氣勢，不要臉、不要擁有，處在無人稱的狀態！從知道，到做到，其實距離好遠，總要決定靠邊站，不要遊走兩邊，浪費時間。

一層一層地把自己剝開，把制約、價值觀、習性、期待、希望通通放下。就是在此時此刻的人海中練習，不是在山洞或森林，而是在人海中活著。

要脫離攀緣的習性，實在很困難。在房裡看到自己小心地對待室友，選擇可以交談的話題，保持友好的狀態。不去拉攏、不去擔心、不去貪愛、不去批判，真正無時無刻保持警覺，然後觀照自己的心，如何起伏如何平息，看起來好像什麼都沒做，其實很難持續保持著覺知呀。

今天阿奇拉來了，媽媽幫忙準備錄音。小朋友學習比較快，我的材料一下子就用完了，詞彙太少。如果不用功怕是教不下去。心中又升起放棄的念頭了。

第21天｜軍艦護航

｜紅海

｜昏天暗地｜2018/9/21（五）

親愛的大家：

我生病了。昏沉中聽到室友興奮地討論著軍艦出現，保護我們的軍艦、直升機都來了。

船上充滿咳嗽聲，我也加入咳嗽的行列，愈來愈害怕。四點二十二分天就亮了，許多人想上甲板卻被擋住，大會場上咳嗽聲四起，每個人都如臨大敵。我趕緊躲回房間，喉嚨乾乾，心想不妙，趕快吞了止咳消炎藥。雖說在同一艘船上劫數難逃，但作為室友中第一個中標的人，總覺得對不起大家。

回到房間開始暈眩，得停下來養病了。感覺大家都有狀況，開始戴口罩，這也是沒辦法的事。睡睡醒醒，聽到室友們開心地談論軍艦、直升機、戰鬥機，以及一起被保護的兩艘商務船，我特別感到內外受困，如臨大敵。突然感覺換環境就生病也是我的適應方式，生病後會掉進另一個世界，身體的反應最強，如果不去覺知，就會累積更多病情。

還是擔心室友嫌惡，這個「我」還是很大。連生病都擔心別人的心情，這個丟不掉的「我」，清清楚楚浮現眼前，看清了也不錯。夢境中，浮現和家人漸行漸遠的畫面，感覺陌生，但似乎也是一種訊息。

幸福的日子比較容易過，也容易忘，平順的生活沒煩惱沒有痛苦，也就乏善可陳，沒什麼可記錄；跳開舒適圈，突然看到熟悉又陌生的自己，看懂可預期的生活是安全的，於是陷入無明狀態。

趁著生病了，多睡覺，看書、打電動，和學妹邊看《甄嬛傳》邊拍打身體，挺好的。

第22天｜嗚螺謝軍艦

｜紅海

｜晴朗｜2018/9/22（六）

親愛的大家：

吃了感冒藥，昏睡兩天，和好天氣一起醒來。

感覺肚子餓，表示病情好轉了。在吃飯前看到好大一艘軍艦從窗邊駛過，抓起手機趕到甲板，拍到保護我們的船隻，很有臨場感！仔細一看還有兩艘橘紅色的船跟我們一起航行，感覺有伴啊！

隔著距離看保護船快速地穿梭在郵輪與商船之間，在無聊的大海中饒富情趣和故事性。中午，船員又進行海盜防制演習，雖然有透過廣播告訴大家只是在訓練，但反而有警惕乘客的效果。

下午四點五十分，船長廣播：「下午五點，保護我們的艦艇要繞我們的船一周，和平號將鳴螺三響致謝，歡迎共襄盛舉！」這幾天風聲鶴唳的海盜驚魂，即將結束了。

時間一到，人手一機齊聚甲板。軍艦快速繞著船，距離很近，只要把鏡頭拉近，就看得到艦上的水手站在甲板上，向我們行舉手禮，表示任務完成！

在兩船最靠近時，軍艦上傳出日語廣播，乘客們大聲回應：「ありがとう！」這時船上送出巨大的海螺三響，震耳欲聾地傳送致謝之意。過了一會兒，軍艦回送三聲，和平號再呼應一聲，完成船的對話。有的人追著軍艦留影紀念，有的人原地揮舞雙手，有的人雙手圈嘴大聲喊話，場面甚是熱鬧、激情。

同船的張同學掛著相機，跑著告訴我還有更精彩的呢。大約下午三、四點，她看到陽明海運的貨櫃被兩艘橘色的船挾持在中間，狀似要被驅逐出去，最後就看不見了！當時我拍拍她的頭，覺得她想太多。她說她有拍到照片，有圖為證，看圖說故事！有趣嘛！

每個人都用自己的眼睛創造屬於自己的見聞，會不會說故事比真正的事實更有魔力？

第23天｜用昂貴代價過清淨生活

｜紅海

｜大太陽｜2018/9/23（日）

親愛的大家：

昨天保護我們的日本軍艦，用可愛的方式和我們隔空接觸，場面熱烈感人。其實除了日本，還有阿拉伯、埃及的聯合艦隊，海盜到底有多可怕呀？

上課時專家說，海盜用的船只是普通快艇，武器也只是一般槍枝，他們之所以厲害是因為不怕死！

早晨醒來，聽到另外兩位室友聲音低沉，有咳嗽的跡象，怕也是生病了！我到餐廳吃早餐，發現自己能吃的食物多屬涼性，生菜、海帶、泡菜，白飯和豆漿只能算是溫和，可能需要增加點堅果類。奇怪的是，我也不覺得自己有瘦啊。借用姊姊的房間，給自己多一些時間、空間。今天把阿奇拉的日文課也停了，想要單純地過一天。

我用昂貴的代價來過更清淨的生活！

看到大家努力上課，努力把握機會學習，我卻反其道而行，一直揮霍時間，就像在遊戲中揮霍機會一樣。

我不介意錯過一次又一次達到終點的機會，我不在乎常常入寶山空手而回。現在我要好好看清楚，自己究竟是怎麼回事。

＊我似乎不把擁有當作目標，累積經歷財富不是我的專長，我習慣保持觀望。

問題是，我仍然佔了個位置，我還享用了資源，這難道是一種平衡、合理的狀態？

＊我似乎佔了位置，用讓出空間來方便大家的方式，以求生存下去而不受排擠。

問題是，我仍然偶爾會有委屈，會覺得自卑、心虛，這難道是一種平衡自在？

＊我似乎用內觀來清除內在起伏的情緒，以化解升起滅去的思緒和情緒。

問題是，我第一個犧牲的常常是修行，打坐內觀總需要經過爭取，才能有完整的出離期間。

＊我似乎把修行當成一種需要別人同意的行為，然後把不能修行歸罪外在的環境。

問題是，我到底為何選擇修行，這是怎樣的決定？

＊我似乎把生命的過程當成一種苦、償還和尋求解脫。

問題是，我還活著，我還繼續和人接觸，還在造業，我還需要學習怎樣可以解脫。

問題是，我沒有全心全意走入解脫之道，我還在為自己爭取自由、安全、被尊重。

＊我似乎還是希望有個平安穩定的晚年，能夠有基本的溫飽。

問題是，我在人群中是疏離的，我如果只消費不付出，這樣是合理的嗎？

＊我似乎在養成減少消費、簡單生活的習慣，換取逐漸失去的資源和身體的動能。

問題是，我到底還要活多久？我的修為足夠讓我在生命結束前活出尊嚴嗎？

＊我似乎擔心無法保持尊嚴地活下去。

問題是，我要的尊嚴是什麼？

第24天｜海盜警報解除

｜紅海

｜霧｜2018/9/24（一）

親愛的大家：

和平號已經從阿拉伯海進入紅海，海盜警報解除了。昨天有人拍到海盜船，是用高倍放大的相機捕捉到的，有兩艘快艇，上面各有5、6個人。也有人說有5、6艘快艇，看起來真的是很普通的船。

看樣子海盜應該不是空穴來風，慶幸我們平安渡過了！

浪小了，海盜走了，我的感冒也好了。船長宣佈解除宵禁，表示我們進入下一個階段。天氣好熱，船艙空調不給力，船方說明因為冷卻系統是利用海水運作，海水溫度很高，所以空調也跟著很吃力。

昨天下午，張同學打扮得很隆重，帶著一盒糕點來敲門。原來昨天下午有個英式下午茶的活動，限定二十個名額，一人兩千日幣，額滿為止。張同學因為下定決心參加整個航程的所有活動，慎重其事地打扮好去參加盛會。主辦方準備點心的份量很足，她特地拿來分享。我心中很感動，為她照了幾張特寫，留下她的善意。

臨走前她突然說：「好可憐喔，參加的人很少。」但是她並不知道，自己是少數可以參加的一群……

至於我的打坐嘛，我的內在慢慢放鬆，不再自責和批判，彷彿也騰出一些內在空間了。清晨嘗試了臥床打坐。我從以前就知道這是效果最差的方式，所以一直沒試過這樣打坐，但是團體生活由不得自己，我決定試試看！

先調整好盤腿的姿勢，戴上耳機，把注意力集中，遍掃全身。跳出空間的概念，告訴自己這是個私人空間，無法分享，無法公開，在其中學習和自己相處，學習觀察，學習放下。在小小船艙裡擁有了冥想草原、密室，一個神聖的地方。

早餐時，和家人談論餐廳裡為大家演奏鋼琴的人，我有些後悔不該批評他們，這只會讓原本因為不知道彈奏技巧而樂在其中的人，突然開始注意瑕疵，挑剔彈奏者。唉，這個行為完全是自以為是的習性啊。有時做過的事來不及改變，也就不要愈描愈黑了。

第25天｜海上運動會

｜紅海

｜有風，有太陽｜2018/9/25（二）

親愛的大家：

今天是籌畫很久的微笑奧林匹克運動會。4隊人馬在躲海盜期間悄悄地準備，各自選出年輕人當隊長，帶領的工作小組盡心盡力，就等今天百花齊放！

今天是海上運動會，全船的人都鬥志高昂，熱烈的氣氛從早餐就沸沸騰騰地要滿出來似的，離開餐廳前，姊姊還把水打翻了，我的布包接了一些水，要發了！

運動會是船上的重大活動，是要動員全船一起參與的運動比賽。船上的空間很有限，人們常常就一坐就是半天，忘記要起來運動。不只如此，船方還希望大家帶著微笑一起運動，所以取名叫「微笑奧運」，希望大家可以重視這個日子。

隊伍組成是依照每個人的生日月分，分成紅、藍、黃、綠四組，藉此打破總是固定夥伴的習性。有趣的是我們同房四人竟然都分到綠組，所以還是在一起。室友參加摺紙鶴課程，在房門上貼了四隻深淺不同的綠色紙鶴，讓我們可以在長長走廊上難以分辨的房門當中，很快找到我們的房間！

活動開始前，又去試了網路。前一張的額度用完，借用二姊給的新卡，才連上幾分鐘，就被吃掉八十五分鐘，真得放棄上網了。

回房換了綠色的衣服，集合前有機會合照，很開心。上千人一起到甲板上集合，四個顏色變成四塊人海，把整個甲板妝點得好熱鬧。年輕人摩拳擦掌帶氣氛，其他人跟著動作，這是個和平的氛圍，祥和、歡樂，是大家給出的禮物。

只要彼此都願意給出善意，願意達成共識，和平是有希望的！我心裡知道，這個和平只是短暫的現象，然而這個片刻，對大家而言都是有價值的。

昨天室友說有中國和新加坡的乘客衝突打架，鬧到船長那邊去討公道，中國人因為有將現場照相存證，贏得此役。船長的判決是：新加坡人有兩個選擇，一是自費升級到個人房，一是到希臘後勒令下船。所有的口耳傳說都很荒謬，但也非空穴來風，一定還有其他說法來改寫這個故事。只是大家也不免唏噓，中國人的戰鬥力真強！

運動會還在進行，小宣帶著國旗貼紙和大家結緣，我的左臉也貼了一個小國旗。很高興自己有出席開幕，後來選擇先離開，帶走我需要的歡樂量，也祝福每個人各取所需。

晚上慶功會在九樓甲板，參加的人自己買飲料，放自己錄的影片，各自分享閒聊，年輕人居多，經過長久努力後的放鬆氣氛，加上清涼海風，很有幸福感。

第26天｜夕陽從未讓人失望

｜阿拉伯海亞伯灣

｜風大｜2018/9/26（三）

親愛的大家：

和平號船駛近蘇伊士運河了。這些課本上的地名，如今我身在其中，好像並沒有感覺到什麼特別的不一樣，海的顏色、太陽的升起，依然都是我們熟悉的那樣。

昨天運動會的結果有點出乎意料，得分高低順序是：黃、綠、藍、紅。原先最有朝氣和熱情的紅隊竟然殿後，怎麼剛好跟月份排序一樣？真好奇評分的角度是什麼？

清晨起來，剛好看到窗外太陽從雲層探頭，橘紅的圓頂不停往上竄，直到跳出海平線外，整個日出儀式不到十分鐘。本想飛奔上甲板，但心知日頭不等人，於是靜立窗邊看日出。

船停了，兩邊的陸地都是淺黃色的，沒有什麼建築物。聽說紅海水色偏紅是因為陸地的沙漠影響海的顏色。港口旁停了許多船隻，應該是要等著過運河吧，畫面很好看。

我和阿奇拉上課時是開心的，她看來還是有些緊張，感冒也還沒好全。今天窗外景色正好，緩解了情緒，我看著風景，讓她好好把西瓜吃完。我們可以訂時間一起學習是我的幸運，我很高興這樣的緣分，雖然上課時大都是用猜的，但總是可以調整到彼此瞭解的程度了。我開始主動備課，準備教材也準備提問內容，學多少算多少。學會知福惜福，就可以很幸福。

這幾天打太多電動，覺得對不起眼睛和身體，已經揮霍了時間，不可以連身體都用壞，所以昨天下午去了健身中心。我不喜歡運動，但是運動大肌肉的活動有助於發洩過剩的精力，也可以消磨時間。爬山的機器只用了十五分鐘，流了汗，我就心滿意足地去甲板散步吹風。夕陽總有不曾讓人失望的美麗！

至於我的修行，唉，我還是管不住嘴巴。今早學妹指著電視衛星圖說：「我們的船現在在紅海中央。」其實從姊夫解說的衛星圖可以看出船已經到了頂端，靠近運河。我忍不住指著螢幕說：「我們已經到頂端了。」我的修行真的不夠好。我清楚看見自己對學妹自以為是，正是處處愛糾察別人小地方的習性。姊姊說我有「老師習性」，我還不肯接受，這下真是鐵證如山。這船位置又不是我標定的，我到底在爭辯什麼？

更仔細往裡看：

＊從表象看，我指出事實的反射動作，其實是不喜歡人的自以為是。問題是，我自己也喜歡和人爭是非、論長短，想證明自己比較有道理！或是告訴別人他錯了。

＊從自己的角度看，我的資訊顯示出不一樣的狀態，不同於別人信誓旦旦的說法，錯的就應該要修正。問題是，眼前的資訊所顯現的、被看見的，就是和自己的不一樣，孰是孰非？爭辯只是引起干戈！如果非要裁斷是非曲直，不是拚得你死我活，就是要有第三方介入。

＊第三方需要被賦予權威和高位，有時是爭執雙方同意的公信力，有時是某方先發動要求的。問題是，一旦進入這樣程序，就是一場可怕的戰爭！

回過頭想想，自己既然無心引發衝突爭鬥，為何無法閉上嘴巴？

近日靜心觀察自己的言語習慣，竟然有大半話語是不用說、不該說、不營養、可有可無的。修行的第二戒，「不妄語」，我要更精進些才是。只不過才說完，我就又犯戒了。有個台灣乘客一直在船上開課，姊說他水準不夠好，我就立刻去問學妹他是何方神聖？我真的要好好把注意力集中在說話上！

早晨和室友去練氣功，風大換地方進行。我準備不夠沒完成，也許可以加入每日待辦清單，靜候機緣。

第27天｜駛進運河

｜蘇伊士運河大苦湖

｜起霧｜2018/9/27（四）

親愛的大家：

等了一整天，我們才排到通過運河。蘇伊士運河一次只能過一艘船，兩船之間要距離1海浬，和我們過雪隧一樣。在等候的期間，見識到各式各樣的船型，顛覆了我對船隻的概念。

蘇伊士運河的船道有圓形的樁柱分隔，海水顏色多變，非常美麗。已經許久沒有燃起這樣的心情，很想分享給大家。

早上五點半被喚醒，我們啟程向運河前進。

這陣子因為時差，已經被訓練好每天多睡一個小時。天色濛濛亮，室友們已經開始交談，準備到難得開放的前甲板。

船橋廣播聲一響，人潮立刻往前移動。工作人員不斷廣播，一面照顧乘客下樓梯，一面提醒站到座椅上的乘客下來。但沒聽到的人還是前仆後繼地站上去。我猜，日本人應該不會有這種行為吧，不禁讓人對他們教養的品質深表敬意。

口戒不易守。早餐看到鬧哄哄的吃飯人潮，服務人員應付不了蜂擁而來的工作量，有些客人經不起等，拿了碗就當杯子倒起豆漿。我心中立刻判定這是某國人所為，回到座位衝口便批評這根本就是搶食嘛，同桌的人也馬上接口：一定是某國人！我這才驚醒，自己又陷入舊習性。

哄鬧之後，我選了在船邊坐下來感受運河的風情萬種。海水因為船隻來往的波瀾，攪出各種不同漸層的藍，以及不同於大海的漣漪，我目不轉睛地凝視著美麗的海水。

我們搭乘的是一艘老船，但仍然在不停地更新、成長。有一對台灣夫婦說，和上次相比，船上的服務更多了，也有不少改善之處，電視全部換新，還加了熱水壺。隨時可以看到工作人員在到處檢查、補漆、貼膠，對於建議事項儘快改善，人員服務的訓練也很到位。每個細節的自我要求和執行面都盡心盡力，這是很值得我學習的態度。

在人群中保持孤獨，是我自己的決定，但仍要保持基本的友善和禮貌。這和閉關時被要求目光下垂不一樣，而我也是到這幾天才意識到，自己幾乎不抬眼和別人眼光接觸，凸顯出自己的刻意。我要練習保持禮貌地對待相遇的人，表達真心的善意，不多也不少。

第28天｜海上泡湯

｜地中海

｜美麗的朝陽｜2018/9/28（五）

親愛的大家：

我們進入地中海了，運河最後一景是壯觀的蘇伊士運河大橋，連接兩個大陸，也打通兩個海洋。臨別的景色是土木方興，第二條運河還在工程中。這條運河是1858年左右動土，經過一百多年的努力才形成。現在不敷使用，要開鑿第二條了。

昨晚去嘗試世界湯，想體驗在海上泡湯是什麼感覺。硬體設施堪比大飯店，半開放式的湯池，可以仰望天空。在擁擠的船上，這裡真是個難得的舒適空間，入池前，看到整池的水跟著船身搖擺，像海浪一樣波湧來去。剛開始還感到有趣，等坐定之後，竟然就真的像坐在海浪裡一樣，被推過來拉過去，沒幾下我就像暈船一樣昏眩，只好躲進桑拿間。這裡溫度很高，待不到一刻鐘就得出來換氣。幸好有海風跟星星，安慰了我搖晃的心。

清晨跟著室友去練返老還童功法。這個自己曾經錯過的法門，現在有個這樣唾手可得的機會，是禮物吧！有一位師兄帶著他們平日練功的音樂，裡面充滿鳥叫聲，加上海洋的空氣，讓人心曠神怡。雖然整套功法長達兩小時，我居然能跟上一大半，背上的毛巾全給汗濕透了！練功時看到血紅的太陽直接從海平面升上來，這還是我第一次在這船上看到直接跳升的朝陽。

漫長的航行，整船的人都在上課，各種各樣的課：太鼓、烏克麗麗、陶笛、水彩、日文、英文、西班牙文、廢止核武、難民問題、世界遺產、理財、乒乓、瑜伽、太極拳、返老還童功法、高爾夫球、紙黏土、鉤針、國標舞、騷莎舞、倫巴舞、佛朗明哥、踢踏舞等等。因為乘客可以自己開課，所以有上不完課程。這些課程對我來說太花俏了。我本想圖個清靜，所以索性找個最簡單的日文課，完全沒想到挑戰居然這麼大！

奇怪的是，我發現內在自發性的力量出現了。我會主動想教材，主動想辦法解決表達的方式。但語言幾乎是一整套的系統，如果不知曉運作的規則，就沒有共同的思考方向，光是單字拼湊，有時行得通，有時風馬牛不相及。我跟我的日文小老師有許多時間是大眼瞪小眼，唯一共識是我們都不知道對方在說什麼！

剛開始小朋友很緊張，幾乎嚇到臉色發白。不過漸漸地，她也發現我什麼都不會，卻沒有要求或目的性，而她也慢慢可以學到一些些東西，對媽媽有交代了，才終於有了笑容，也會喃喃自語，然後安於「可以不懂」的氛圍。

昨天她下課離開後，又向我跑了過來，手上拿著一張紙，上面畫了四格漫畫。畫中有兩個人在對話，旁邊標了兩個詞，有兩個大大的圈，兩個大大的叉。她耐心地等我猜，我用盡腦袋裡的各種可能性，再從線索中刪去不合適的。原來她是要告訴我，當我要她讀一遍和我自己示範一遍時，我們倆常常無法真正理解或分辨彼此的意思，所以常常只能反覆一起唸。這是兩個語言不通的人面對溝通時的困境，可惜她無法用語言述說困難，只好想出用畫來表達。

她年紀雖小，卻用心思考過我們的困難和解決的方法，並且用畫圖的方式告訴我。我心中莫名的感動。她也在我們的關係中努力啊！

第29天｜雨中的神廟

｜希臘雅典

｜風雨交加｜2018/9/29（六）

親愛的大家：

今天在希臘雅典喔，這個和斯巴達一起活在我腦袋裡的古城，實際上卻一點都不是我想像的那樣。傳說中許多古老的智慧、藝術、哲學、科學、數學，還有運動，都從這裡源起，其實這些印象在我心中，和破產的希臘並不同時存在。很高興今天一天的身在其境，沒有因為大風雨而折損，還是很有聖地的感覺啦！

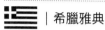

簽下了脫隊申請書，代表下船後一切行動後果自行負責。比起一個單身堅持要去Casino的遊客，我們算是保守的了。

在幸與不幸中，我們在大雨裡踏上心中的歷史古城雅典，到千年神廟群朝聖。聽說雅典不常下雨，現在也不是雨季，可是整日大雨，讓遊客都成了落湯雞。

問好領隊回家碼頭正確位置，拍好照片，上旅遊網的飲食篇選定幾個自己心目中的餐廳，打上城市地點，拉出地圖，便打著雨傘，踩著唧啾唧啾作響的濕鞋上路啦！沿路找餐廳，連字母都不一樣的街道，雨大得讓人抬不起頭來尋找，最後只好使出殺手鐧：開口問！儘管家人的英文很好，卻只聽到一串聽不懂的語句，好不容易遇上個懂英文的希臘人，卻才剛搬來這裡不久！

來來回回不知走了幾趟，蛋糕店、點心店、棋藝店，每個好心的店員都說餐廳就在前面，不要轉彎，因為說的都不是英文，只能猜到這個程度。三個人六隻眼睛一起發功，等找到餐廳時，發現我們早就不知經過幾回，甚至還說萬一找不到網路推薦的餐廳，不如吃這一家吧！

餐廳除了有美味的當地料理，餐前橄欖和小杯酒也暖了心。上菜速度飛快，但更讓人滿意的是飛快的網路速度啊啊啊啊！三個花甲人邊驚嘆邊拍照，特寫拍完美食還要凌空自拍，早忘了剛剛浸泡在雨中的苦楚。離開餐廳前，姊姊快速地回到餅店買伴手禮，打算分享給室友和馬那。真是個完美的句點。

對於踏上夢想之地，原本有些寄望，誰知難得下雨的雅典，卻用吹到雨傘開花的風雨迎接我們。還好上回希臘的藍天白雲印象深刻，今天算是看到另一種風情。

雨中走在古蹟裡，看著就要修復完成的神廟，無論風雨多大，遊客仍然很多，很可能此生就此一會。下著雨，大家走得更小心，手牽得更緊，傘下成雙的身影抱得更親近。

古蹟修復規定嚴謹，不按規定就會被撤銷人類遺產的資格，雅典人對古蹟的態度自然更嚴格。神廟保持幾種不同顏色，黃色的是兩千年的，白色是新修復的痕跡，導遊蘇菲雅補充，兩千年後，白色的部分也會變成黃色，只是那時候凝視古蹟的人，已經不是我們了。

第30天｜旅行的休日

｜亞得里亞海

｜多雲時晴｜2018/9/30（日）

親愛的大家：

再度啟航了，繼續在地中海，朝著亞德里亞海前進。

今天早上，管家一一檢查救生衣上面的電池是否還有電，每個房間、每個櫃子，都做得很徹底，這樣的服務態度真讓人放心。

可能昨天的風雨讓大家都淋壞了，有累到，今天就休息吧！

第31天｜充滿垃圾的希臘小島

｜希臘科孚島

｜多雲｜2018/10/1（一）

親愛的大家：

我們今天在希臘科孚島自由行，搭觀光巴士到處逛，看到4年前和家人一起來的海上教堂，小妹甚至用它當成手機首頁的風景呢，是個浪漫的小小教堂。花了兩塊半搭聯絡船去一個孤單小島，有點像日月潭的光華島，我們決定叫它兩塊半小島。在島上可以看到飛機降落的近影，許多人是為看飛機而去的。

今天下船地是科孚島，之前已經遊覽過，所以我們決定脫隊自由行。很快找到市內觀光巴士，一票到底，可以隨時上上下下。

第一站下車，是被一車漂亮的水果引誘。船上的水果十分有限，對來自水果王國的我們實在是不夠，立刻決定下車。沒想到逛著逛著又被一間小超市吸引，裡面都是些紀念品，姊姊看中一件藍色紀念衫，我選了個吸鐵和小年曆。冰箱裡的水果不如小攤誘人，但見一對男女在旁邊熱吻，趕快把眼光移到西瓜上。四分之一大的西瓜，竟然只要一塊半歐元，二話不說立刻買下來當場大快朵頤，真是痛快！

買完水果回到車上，卻見到處都是垃圾，怵目驚心啊。所有的島都有這個問題，垃圾無法處理。聽說今天他們的清潔隊員罷工，所有地方的垃圾都滿出來，幾乎每個轉角都推滿了垃圾。這是消費之後必須面對的問題。

第32天｜阿爾巴尼亞的台灣廣場

｜阿爾巴尼亞

｜多雲｜2018/10/2（二）

親愛的大家：

今天是島上觀光，我們有個新疆姑娘當地陪，雖然語言熟悉，態度也很誠懇，不過她也是剛開始這份工作，無法給我們太多故事。

阿爾巴尼亞是個共產國家，崇拜英雄和共產黨，但1949年阿國政府選擇靠攏北京後，年輕人便將不滿共產黨的情緒發洩在命名上，刻意將已經荒廢的文革時代指揮中心附近一個風景優雅的廣場命名為「台灣」，而新疆地陪姑娘也刻意增加了這個行程，其中有一種微妙的對比！

我們這車中文團有台灣乘客，也有中國乘客，箇中滋味，冷暖自知，頗耐人尋味。

原本快要好的感冒突然急轉直下，偏偏今天有岸上觀光行程。行程要事前報名，但乘客很多，所以常會有人變動更改，太慢取消得罰二成的費用，我只好硬著頭皮出門。

阿爾巴尼亞共和國是二次大戰後成立的共產主義國家。我們的導遊是新疆人，嫁到阿爾巴尼亞十年，一看就是維吾爾族。她入行不久，我們是她的第二批遊客。她做得很賣力也很熱情，但算不上是個合格的導遊。

這個國家因共產制度，加上鎖國政策長達五十年，長期與外界隔絕，因此是歐洲最貧窮的國家之一。此次是和平輪第一次停靠都拉斯港，表達對該國積極參與國際事務及全面開放觀光的支持。

我們去了首都地拉納，並參觀了克魯亞國立博物館。大夥走在地拉納最繁忙的大街上，竟然發現一隻老鼠，在眾人驚叫聲中，見識到真正的過街老鼠囂張地流竄在車陣中。德雷莎修女出生於阿爾巴尼亞，市區內有一個以她命名的小小公園，「Mother Terresa Square」。還有個地方竟然叫Taiwan，是個「Taiwan Square」。

我後來查了一下，得知當年台灣和阿爾巴尼亞還有邦交時，曾在這派駐情報人員，斷交後有些人便留下來定居，還把這個廣場經營成一個聚會場所，因為整個規畫開闊舒適，相當受到當地人喜愛。廣場位置正好在文革時代指揮中心、小金字塔的對面，人民因著對政府的不滿，刻意把這個地方命名為台灣廣場，有發洩的意味。這地方維持很好，對照敗落的小金字塔，很有故事性。在離故鄉這樣遙遠的地方，無論如何，還是在台灣廣場坐下來喝杯咖啡吧。

第33天｜在古城豔陽下寫作

｜克羅埃西亞杜布洛尼克

｜豔陽高照｜2018/10/3（三）

親愛的大家：

一早醒來發現自己失去聲音，當真是「啞口無言」，想起四妹婿因為得了罕見疾病，聲音變得沙啞，連說話都很吃力。我以前常想，如果可以都不要說話應該不錯吧，等到自己真的說不出話，卻發現有些時候還是非說話不可。不能說卻想說，這種感覺除非親身經歷，否則很難想像。

這個古城是舊地重遊了，不急著探訪古蹟，腳步就鬆了！我們坐在典型的地中海海邊咖啡座，曬太陽、問候大家，因為有網路！第一次真的在藍天豔陽下寫作。

原本想在船上養病，但古城的天氣實在太美麗了，忍不住下船玩耍。四年前的家族旅行就來過這座古城，所以今天我們輕鬆自由行，搭公車進城。一下車，古城就在眼前。上次家族旅行是租小巴，司機兼導遊，大姊在古城晃到忘記時間，大家分頭去找，急得滿身大汗，找到後互相笑罵一番，從沒想到會再次重遊。世事真難預料。

悠閒地找了一家視野最好的咖啡店坐下來，這家餐廳把菜單設計成報紙的樣式，原來是為了方便更換菜色，我手上拿到的已經是第三十版，挺有趣。

我很悠閒地把電腦拿出來，雖然還沒想好要寫什麼。放眼望去，遊客有如過江之鯽，加上明媚陽光，整個氛圍很輕盈。餐廳所有的客人都集中在走廊區域，即使那邊的網路訊號相對較弱，大家寧可暫時放下手機，讓自己成為觀光景點的一部分。走廊上的人們很幸福，同時也創造著未來的回憶。

沒想到，繞到柱子後面，竟看見阿奇拉一家人！那裡是整間餐廳網路訊號最強的地方，果然是年輕人的選擇，在吸收了充足的陽光之後，決定充分利用網路，中餐就移到裡面吃啦。

短短幾年，手機已經成為大部分人的寵物，無法離手。科技世界日新月異，想來有生之年還會有許多變化！

第34天｜美麗黑山

｜黑山科托爾

｜陰天｜2018/10/4（四）

親愛的大家：

記得第一次有朋友告訴我黑山是他覺得最美的地方，我當時心想：「黑色的山，哪會有多美？」

今天和黑山正式相遇，真的是個很很美的國家。他們的山黃禿禿，有點像黃山，但上面有黑色的斑點，其實那是因為長了很多黑松果！這個國家也因此叫作黑山國。

這個國家美得超乎想像。我們從港口進入黑山共和國，港邊就是怪怪的山景，白色山壁上有黑色的斑點，白牆紅瓦的建築安靜地坐落在沿岸，建築不高卻散發著純樸的氛圍。因為對這裡真的太陌生了，我們決定參加船方安排的旅遊團。

我們有兩個當地的地陪，加上年輕的船員小花和香港的小幫手，雖然是陰天，卻感覺青春洋溢。轉了二十五個彎，港灣美景時左時右，慢慢走入山中，景色更是美不勝收。這裡有些像北宜的九彎十八拐，但視線開闊，讓人忘了暈車。

中途休息的小農村有美味的乳酪和火腿，加上美酒，大家都吃喝得很開心。旅程的目的地是博物館「國王的家」。這個國家唯一的國王生了十一個小孩，八女三男，除了兩個女兒沒嫁，留下來看護這個博物館，其他子女都或嫁或娶了外國人，以促進外交。

午餐去海邊古城旁的餐館，小花幫忙張羅的素食意外好吃，還有第一次吃到米心熟透的燉飯。飯後是古城散步，其實這些古城看多了也沒什麼特別，這裡比較不一樣的是有個音樂台，在海邊古堡裡開音樂會，應該是件挺浪漫的事吧！

回程途中，旅伴中老夫婦的太太突然走不動了，幾個年輕人立刻分工，首先讓大家都上車，只留一位陪著等老人家喘過氣，另一位回車上說明原因，一切井然有序。等到全部人都上車，大家給了他們大大的掌聲。

黑山的旅程還有個美好的小插曲。小小的旅行團裡，有位看起來不容易親近的女士。我以前遠遠觀察過她，她總是精心打理自己，花白的長髮用亮晶晶的髮夾挽起來，配上一身黑白系列的衣服，套件灰白色的旅行背心，一個人獨自坐在雙人座椅，靜靜地用手機捕捉風景，散發出「生人勿近」的距離感。

哪裡知道她其實很天真可愛。逛市集時，她突然出現在大夥中間，抱著一個金字塔型的土盤，加上一個陶土鍋，開心得不得了，直說：「這是這趟旅行中我唯一想要的東西啊！這可是純手工啊，太好了！我終於買到了！」她逢人就開心地展示那兩只鍋子。最後，鍋子上面又添了一只手工包包，想來是新的戰利品吧。

我看著開心的她，心裡小小地感動了。那只被欽點而抱在懷中的土鍋多麼珍貴，往後她將不斷述說如何在黑山與土鍋相遇。

這個小故事就跟黑山給我的感覺一樣。開發中的黑山，並不吵雜或緊張，古城維護得很好，不會過分花俏。小小的國家，只因為山上長滿黑松，就取名字叫「黑山國」，簡單、樸素、美好。我說不出更多黑山的好了，只能說，這樣一個單純的國家，不需要更多言語，你來了，它就自然走進你心裡了。

第35天｜又掛病號了

｜地中海

｜陰天｜2018/10/5（五）

親愛的大家：

我需要努力休息，感冒復發咳嗽不止，明天還要外出，身體沒電了。

今天終於可以休息了。連著幾天外出，幾乎是硬撐著身體旅行，昨天在車上已經咳到停不住，無論如何今天一定要讓身體休息。阿奇拉也病倒了，就一起放假吧。

睡睡醒醒不知道自己身在何處。晚上學妹要掛急診，我抱病用破破的英文向櫃檯求救，後來室友回來接手，我就又昏睡了過去。房間裡最後的健康寶寶也開始咳嗽，全軍覆沒。

第36天｜美麗的義大利市集

｜義大利西西里島巴勒摩

｜大晴天｜2018/10/6（六）

親愛的大家：

想到明天可以休息，就能打起精神走完今天。我們依舊是自由行，搭觀光巴士沿途找市集。難得今天的天氣好藍，加上這裡是黑手黨的故鄉，多少有些提神醒腦的功效！

這個島有許多老建築，不管街道、建築物都很典雅，還放著古典音樂呢。揹起包包穿過巷道，找到可以滿足所有人需求的傳統市集，還有現做的路邊料理攤。另外也很幸運地看到市場婚禮，增添了許多幸福感。

張同學今天跟我們一起行動，四個人是很好的組合，加上一對來自上海的夫婦，一位是有證照的導遊，一位是記者。兩人都快六十歲卻保養得很好，已經去過北極，看過發著藍光的冰山。他們的低調讓人感覺容易親近。我們一行六人搭乘觀光巴士，一人十九歐元，紅藍兩線，跑了整個城市，唯一可惜的是沒有中文解說。

上半天身體還可以，看到腳下發亮的石頭路很開心。心裡惦記著學妹托買的洋蔥，就成了一個任務。看著其他三個人精神飽滿地認識新朋友、講解路線、留意商店衣物，對我而言，這裡就是個藍天古牆的城市，我喜歡看斑駁的城牆，堆疊的街道，大街小巷的裝飾物，還有不同的垃圾桶形狀，下水道的圖形蓋子和豐富的市集。

穿過大街小巷，終於到了大家共同目的地：傳統市場！這個幾乎被遮陽傘蓋住的市場，攤販們大呼小叫的聲音此起彼落，張同學早早研究透徹，要大快朵頤一番。大家先物色的是本地小吃攤，享受海鮮料理。因為人多，可以選較多菜色大家分食，皆大歡喜。

這邊的規畫跟台灣的夜市很像，外圍是有座位的料理攤，往裡走就是民生蔬果、魚肉、香料，還有衣物、鞋襪這類日常用品，物價平實，菜色、花色齊全，大家逛得好開心。我先買好洋蔥，突然看到一種沒見過的水果，有個老外一下就買了三十個，仔細研究原來是仙人掌的果實！到處都是仙人掌果，果肉有紅、黃兩種，要剝皮，籽很大顆，老闊大方地讓我們試吃，還嘰哩呱啦不准我們吐子。我們沒有多買，吃完付了五歐元，就去買其他我們認識的水果。後來才知道仙人掌果是幫助排便的！所幸船上料理清淡，這方面需求不大，沒有釀成災難。

接著我被一陣美妙的和聲吸引，簡單大提琴、黑管，加上和諧的三重美聲合音，真不愧是義大利，連市場都有這樣的美妙音樂。一對新人穿過市場接受大家的祝福，帶來一股甜蜜和幸福感。

我的能量很快就用完了，加上攤子賣的都是海鮮，吃素的我幾乎沒東西可吃，烤物對我的病情也不利，等到炸馬鈴薯終於上桌，我已經沒有胃口了。

給孫子買了一雙鞋，鐵定太大，但是語言不通說不清，心想孩子總會長大，成交啦。

豔陽下的西西里島，有古城、古典樂，但是網路也很發達，特別是觀光巴士上的網路和古典音樂，耳朵聽著百年前創作的音樂，眼睛卻透過手機看著百里之外的家人動態，更是開心哪。

第37天｜行程過了四分之一

｜巴利亞利海

｜平靜無風｜2018/10/7（日）

親愛的大家：

終於，終於，可以倒頭就睡。今天窗外海面平滑，竟像湖水般沒有浪花，只有船走過的漣漪往外擴散。放下所有事情，傻傻地看，因為知道這樣的光景並不會長久。

室友在調整床位，我則是倒頭睡昏了。多花錢買了固定床位還是值得。這趟旅行已經過了四分之一，生病，讓許多事情都變味了，卻又產生了另一種滋味，看到病所帶來的一切。108天的旅行就像平常生活，也會生病，也會倦怠。今天就寫到這裡吧。

第38天｜旅行的休日

｜阿爾沃蘭海

｜陰天｜2018/10/8（一）

親愛的大家：

今天恢復和阿奇拉的日文課。上週上岸6天，唯一的一天生病，能上課真好！感到一種穩定的幸福。

小朋友特地送來的涼糖，幾次在咳到停不下時幫我解圍，可惜還沒有能力説明清楚，好好道謝。今天總複習，發現還是學了滿多內容，我們漸漸有默契了。接著這週有4天上岸，下週只有2天，感覺鬆了口氣。

持續休息，除了上課，今天並沒有做特別的事情。沒想到不玩耍也能讓人鬆一口氣。

第39天｜旅伴對了，心情也好了

｜西班牙安達盧西亞莫特里爾

｜晴時多雲偶陣雨｜2018/10/9（二）

親愛的大家：

因為沒有訂到岸上觀光團，所以今天就自由行囉。西班牙是個美麗的國家，資源也很豐沛，難怪曾經在歷史上叱吒風雲，留下許多殖民地的故事。如今，光是建築遺跡就成為觀光的資源，每次拜訪都有驚喜的發現。

阿爾罕布拉宮是世界遺產，曾經是伊斯蘭教的重鎮，整片宏偉的建築，光步行一圈就需要2小時。旅行真需要體力。

今天有羅伯教授、周氏夫婦、兩位來自杭州的女士，還有我跟姊姊、姊夫三人，一共八個人一起出遊。

西班牙的建築聞名於世，真的美極了，不管建材、造型都讓人百看不厭。尤其是今天參觀的阿爾罕布拉宮，綿延山頭，我們遠遠眺望，一邊吃著當地風味餐，自由行的好處就是可以隨心所欲。原本為了沒訂到岸上觀光團而扼腕，誰知換來更多的悠閒，讓我們慢慢地品嚐西班牙。旅行總能教會人很多事。

我們還在路上看到了世界最大的高架道路，米約大橋。大橋以巴黎為起點，往南抵達地中海岸的蒙彼利埃後，轉向西南，穿過庇里牛斯山進入西班牙。這座橋建造的時候，據說耗資三到四億歐元，最高的橋塔頂點是三百四十三公尺，是世界結構高度最高的橋，橋面高度則是兩百七十公尺，世界排名第十二。高橋凌空畫過，真可惜我來不及拍照，更無法看到橋的全貌！

這趟西班牙小旅行真好，西班牙建築美，風景也美，旅伴對了，心情也跟著好，兩岸的界線也模糊了。

第40天｜給每一天改變的可能

｜直布羅陀海峽、摩洛哥

｜陰天｜2018/10/10（三）

親愛的大家：

雖然停留的時間很短暫，但還是對摩洛哥留下了一個純樸的印象。穿梭在巷弄中，我們看住在其中的居民，他們也在觀察我們。廣播一響，當地店家馬上拉起布簾，拋下工作去做禮拜。這裡看不到警察巡邏，1美元可以買到5個大餅，1歐元可以買到6個削好的仙人掌果，交易和生活都很踏實。

終於到了摩洛哥，這個讓人充滿想像的國家。船入港口，放眼望去盡是白色的高樓大廈，寬廣的人造停泊平台和繁忙的港務，一眼即知是個富有的國家，連海鳥都忙著飛舞，管他天色昏暗！

因為我們可以拜訪的地方、時間有限，也可能是我們上岸的丹吉爾和德土安以農為主，屬於摩洛哥北部比較貧窮的地區，看到的是不同以往聽聞的摩洛哥。無論是富有的面向，還是貧窮的一面，我們就是實實在在地接觸著這裡的空氣、人們的氣息和臉龐。

這個伊斯蘭教國家同時涵容猶太教、天主教與伊斯蘭教，不曾發生爭鬥事件；年輕的國王改寫伊斯蘭教一夫多妻制；整個國家目前百分之四十是二十歲以下的人口，充滿活力。即使在非洲的黃土上，仍然創造出一小塊一小塊的綠地，百姓在綠色草皮上隨意坐臥交談，沒有食物或桌椅墊布，就是輕鬆地躺著。

東方人比較少前往摩洛哥西北角，所以對摩洛哥的印象應該跟我不太一樣吧。這裡大部分女性的穿著都是包住整個身體，傳統服裝四處可見。

我們穿梭在德土安的猶太人區，這裡的環境雖然破舊擁擠，卻給人一種安定感。導遊很驕傲地說，這塊土地三大宗教並存，相互包容，沒有衝突戰爭。年輕國王推行新政，讓長久以來足不出戶的女人以見得天日。

沿途可見猶太舊城區的文化：猶太人外出賺錢，衣錦榮歸後將舊房子賣給伊斯蘭當地人，若是不賣，即使放個一年沒人住，鄰居們都知道鑰匙在哪兒，也不會有人進去使用。老建築內熱鬧地表演著當地民俗。擠在古老建築中，喝著當地有名的薄荷茶，吃著甜點，屋內鮮豔的裝飾和屋外的樸素形成強烈的對比，我想這是特別為觀光客準備的。

回到船上後，手機突然跳出十月十日的日期，今天是台灣的國慶日。如果不是因為人在異鄉，想得比平常多，在這個無關乎國家隸屬、沒有國界，也不用爭奪資源分配的船上生活，你是誰？國家是什麼？這裡是哪裡？你要的是什麼？大家都是一樣的立足點。

旅途中跳脫了原有的生活環境，看世界的眼光、心情，都有一種清明，總是會想的比平常多。人在旅途中，無論什麼時候醒來，看到的都是不一樣的光景；好像每一天都是全新的開始。這和強調人在什麼地方出生，落土時八字命，就注定了不一樣的生存條件，想要改變得花上全部的心力去掙脫，是完全不一樣的思維。

旅行，是給每天一個改變的可能。

第41天｜大排長龍的船上診療室

｜大西洋

｜陰雨｜2018/10/11（四）

親愛的大家：

感冒許久，感覺快好了，但想到來日方長，還是決定去看醫生。船醫生看一次病5,000日幣起跳，不過聽說健保海外有給付，這樣的制度真是太完美了，加上帶來的成藥都已經吃完，想要完全好起來，還是得硬著頭皮試試看。看醫生對我是最不得已的選擇呀。

到五樓櫃檯附近，遇到可愛的工作人員花花，她匆忙依舊。我問她診療室的方向，依著她的指示，才走到四樓餐廳右前方，就看到滿出來的隊伍。

現場已經有幾個中國人在等待，服務台的護士忙得團團轉，一個人要聽電話、掛號、回答問題、抓藥、說明服藥須知，愈來愈多說中文的患者湧入，看起來是無法搭理我。小小候診室，坐了七、八個人，各種咳嗽聲聽得我發毛，本想來把病徹底治好，這樣等下去，只怕新的病又來了！

我把ＩＤ卡拿給護士，她隨手一放，我的前面有十幾張卡排列等候。偏偏我又忘了戴口罩，一時間進退兩難。花花進來後，護士像抓到浮木，馬上讓五、六個需要翻譯的患者進入診療室詢問病情。據說醫生看診真的非常小心仔細，我卻逮到機會，一溜煙就離開那個烽火蔓延的區域，心中暗暗佩服當醫生真是「如臨大敵」啊。

溜出候診室，我趕緊回房間拿口罩，決定先到甲板透透氣。呼吸了大海的氣息，再回去拿ＩＤ卡，明天上岸買些感冒藥吃就好了吧。

第42天｜不變的葡萄牙

｜葡萄牙波爾圖

｜陰雨｜2018/10/12（五）

親愛的大家：

今天到了另一顆牙，葡萄牙。這個國家比西班牙強盛得更早，但後勢漸衰，現在反而變成落在西班牙後面了。感覺這個國家沒西班牙那麼光芒四射，人種和語言隱約也比較弱勢。導遊在這裡住了超過30年，覺得葡萄牙幾乎都沒改變，有許多計畫在排隊，好像沒什麼值得一提。

以前，葡萄牙對我來說是一個模糊的名詞，大多附屬在西班牙印象的一角，除了地理課本背一背首都，沒有更多可以說的了。我這次才知道葡萄牙曾經是大航海時代第一強國，西班牙起而效尤，但畢竟國力較強大，後來竟超過葡國，取而代之。

今天的岸上觀光是葡萄牙第一大港、同時也是第二大城，波爾圖，人口只有二十六萬。這趟旅程由花花帶隊，當地導遊是一個不怎麼活潑的中國人，在這待了好幾年，卻沒有很認同這個地方。在車上時，他沒有善用車上的廣播講解，下車後人潮擁擠，說明就更難聽清楚了，讓人有點失望。

想要打起精神，身體卻不配合，處在一種昏沉的狀態，所有的人事物都飄浮著。

下車之後，才知道這一站原來是市政廣場，廣場中央是佩德羅的雕像，佩德羅原本是葡萄牙國王與西班牙公主的次子，後來長子過世，他繼承王位。當時因為拿破崙入侵，皇室逃離到殖民地巴西，佩德羅把巴西的地位從殖民地提高為宗主國，並成為巴西的第一任國王，後來回到葡萄牙，繼位為葡萄牙第四任國王。這段歷史聽得我頭昏腦脹。

接著帶我們參觀火車站，牆壁是白藍相間的圖案，原來這裡就是有名的青瓷花火車站，而我卻因為忙著找廁所解決內急，顧不得這兒是榜上有名的景點。繼續往下走，波爾圖大教堂，對不是教徒的我卻少了些感動。

接著是代表地標：橫跨流入大西洋杜魯河上的大鐵橋，設計者是設計巴黎艾菲爾鐵塔的居斯塔夫．艾菲爾，全橋由鐵鑄成，十分壯觀，成了當地的重要景點。橋的兩岸都是攤販，賣著各類紀念品，不過整躺航程得經過二十幾個國家，大家都不敢太買東西，除了品酒的人忍不住誘惑跟著導遊進酒廠品酒，順手帶上幾瓶。

兩岸的步行區有許多自由創作的藝術品：圖畫、首飾、軟木皮包，還有他們獨霸市場的軟木塞製品。葡萄牙軟木塞製品的產量佔全球總量百分之九十以上。

我一個人坐在岸邊，看著停在一旁的載酒老船，和來來往往的人發呆。

環遊世界的旅程更容易發覺，旅行中，每次接觸的品質都和媒介的呈現有關，人總是透過五官來吸收資訊，還有更重要的是親臨其境所接收到的磁場。人已經可以創造出各種感官所喜好的效果，如美聲、美色、美味、香味、空調、正向思考，人也可以依各自所擁有的條件自主選擇。

奇妙的是，所有的資訊，無論是文字、照片、影片，都無法將整體的存在重現。這可能也是旅遊的價值所在吧。

第43天｜錯失的米其林一星夜景

｜西班牙拉科魯尼亞

｜雨｜2018/10/13（六）

親愛的大家：

海上風浪讓船抵港時間晚了一個半鐘頭，所有岸上觀光的行程全部往後延，等到我們上岸出發時已經是下午兩點半。

雨點如預測般落下，氣溫降到了10幾度，西班牙的美麗透過雨珠的妝點，別有一番風情。除了山城、教堂、燈塔，我們還經過畢卡索住過5年的居所，和他上的第一個美術學校。

每次船方安排的岸上觀光都會有一個船方的工作人員兼任即席翻譯和領隊，同時再請一位在地的導遊擔任地陪，不一樣的導遊會有不一樣的導覽，開啟不一樣的視野。這次的在地導遊是個年輕男子，高瘦清秀，解說相當努力。船方則派了甜甜當領隊，一個在英國讀書的上海姑娘，這次到船上工作是為了增加歷練，打算將來成為專業即席翻譯。甜甜一頭染成金色的頭髮，唇紅齒白，聲音甜美，活脫脫就是故事裡走出來的小甜甜……

拉科魯尼亞的建築有點模仿船的擋風窗，窗戶有兩層，大多為白色窗框加上玻璃。官方有意將這裡建設成玻璃之都。的確，面海的建築風格一致，玻璃反射陽光，閃閃發亮，讓人印象深刻。只是我還在感冒中，精力有限，沒什麼心情吸收新知，一直惦記著要去買咳嗽藥。

歐洲沒有成藥，不像台灣要什麼有什麼。這裡有的是健康食品，只能減緩咳嗽症狀但並沒有醫療之效，價格也很高，船上的診療室依然大排長龍。出門在外還真不能生病。

晚餐安排了特別的豪華餐點，山腰上的米其林一星飯店，除了精美的食物、好酒，還能到戶外俯瞰夜景，多麼難得的機會。可惜下雨，又加上生病，還能怎樣呢？無法事事完美，這就是旅行。

第44天｜海上甄嬛傳

｜坎塔布連海

｜風雨交加｜2018/10/14（日）

親愛的大家：

昨天風大雨強，浪最高有7尺，船身搖擺不停，不管走路或只是坐著，都讓我感到暈眩，但可以躺平倒也不錯。躺下來時，像是盪鞦韆，只是由不得自己擺盪。

船行無聊，一部《甄嬛傳》，填補了不少的空閒時間，船友戲稱：「練功。」

昨天開始風雨交加，船搖得很厲害，船長怕大家受不了，降低航速，實在是也怕這艘老船會受不了。

張同學在這次的岸上觀光時，因為廁所上得久了點，竟然被放鴿子。她受驚嚇之餘，感冒也加重了。這一路來，她的特立獨行讓許多同行者頗為側目。我和她雖然同在一艘船上，卻不一定碰得到面，聽聞愈來愈多她的事蹟，心中總是百感交集。身為同學，我好像應該要去關懷一下，邊走向她的房間，邊回想著往事。

其實在上船之初，張同學就眉飛色舞地告訴我，這趟旅行她準備好了，所有的課程都要報名，所有活動都要參加。無論怎樣都要快樂。不管發生什麼事情，一定要快樂。

她說她為了參加服裝秀，是如何千辛萬苦找到一家原住民服飾店，如何跟老闆形容這次任務，老闆幾乎是半買半送，兩套服飾還加上鈴鐺裝飾，只要價四百元。

當她穿著那身紅色條紋的原住民手織布衣出現時，我腦海裡第一個跳出的畫面是我們在師專二年級的舞蹈比賽。當時我們跳的是班級自編的原住民舞蹈。比賽的結果我已經忘了，只留下一張參加同學的合影，大家都是第一次粉墨登場，臉上的妝一個比一個誇張，雖然是黑白照片，但依舊看得出照片裡的青春。心中同時浮現的還有照片中兩個班上的美女，一位已經往生，另一位出家不知去向……往生的阿甘嫁給醫生，當了祖母，還是極美。另一位阿智是個客家美女，嫁給一個傳播人，生命歷程神祕又坎坷，我倆最後一次通電話是要通知她同學會的事，她要我轉告大家，她已經不是以前的她，一個人住在沒有水電的山裡，牙齒也掉了，不想再見任何人，叫大家不要再打擾她。張同學也在這張照片裡。算算這都已經是四十年前的事了！不知怎地，感覺眼眶一陣紅熱！

等我回過神，已經到了張同學房門口，但是我竟然連擠出一丁點笑容的心情都沒有，也想不出出任何支持的話語。我想，是自己無法把青春時代的同伴，和現在眼前這個女士連結在一起。我早已將拋頭露面的事情排出生活，對於張同學至今還是興致勃勃地老來瘋驚訝到一個不行！看到她被周遭的人列為特殊人物，我又生氣又心疼，聽著她和室友之間的爭執，和打算提起訴訟的計畫，也很無語……

回房後，因風浪大，顛簸著走去拿水，看到上海來的周氏夫婦坐在窗邊，先生看海，太太織毛衣，畫面安靜平和。周太太以前是記者，很活潑，很會交朋友；周先生是退休公務員，退休後考上導遊證照。他們常常上岸觀光，昨天還搭地鐵換了三條路線，跟我們在古堡碰面，逛完又翩然離去，真是一對優雅的伴侶。

我們在窗邊閒聊，周太太隨口講起船上的事件，有人死亡、有人控訴床鋪安排，還有人打架。她不解地問：「這些風波都是上海人搞出來的，上海人到底有什麼問題？」

我想這就是個聊天話題，也就隨意答了。我說這三件事不能混為一談，一路上的風風雨雨都是從模糊的傳言開始，每個人都捕風捉影，暗中打聽，再根據自己搜集到的情報拼湊故事。因為已經成了竄流整船的暗湧，即使我只想當個觀眾，也還是得不時跟著耳語。

第一個死亡事件，是七個人到馬爾地夫的島嶼渡假過夜，有個男人心肌梗塞，當場死亡，他的妻子也差點溺斃。當時才開船二十來天，船公司並沒有法律責任，為了怕引起騷動，便封鎖消息，低調處理。但死亡事件的衝擊實在太大，加上刻意壓抑訊息，反倒引起更多風言風語。

第二個衝突事件，是在新加坡上船的那批旅客，上船後沒多久就和其他船客起了衝突，上海人很精明地拍照存證，告到船長室，連同夥的中國人都吵著要集體退行程，逼得當事人差點被驅逐下船，最後只好換房間。

第三個打架事件，是兩個上海男性，聽說已經動手了，而這是我完全不知道的新消息。因為周太太很認真地問我，我就隨口胡亂安慰了幾句，又說了些去上海時也有當地人排擠外地人的印象，完全忘了他們也是上海人。想著自己前幾天才說要修口戒，真是談何容易。

船上的風波流言跟《甄嬛傳》相比，真是毫不遜色啊。

第45天｜郵輪上的麻將大賽

｜英國外海

｜風雨大浪｜2018/10/15（一）

親愛的大家：

風雨大浪一直持續到中午，終於放晴，今天我的室友們參加了麻將大賽，日本麻將已經辦過，今天比的是十六張麻將，十三張麻將也有人在問。還有舞蹈表演，家人有參加喔，很熱鬧吧！

《甄嬛傳》變成室友間的話題和練功內容，我雖然只看過一次，但還是很佩服編劇的功力，可以把故事說得這麼好。

現在我心境不同以往，漂流在海上，上千人關在一起，有太多的擦撞，如何尋找自己的內在空間，多麼地不可得？

我漸漸發現，無論如何，都得先找到共同生活的方式，不能特立獨行，獨善其身，張同學的問題就出在這。剛開始她滿腔熱忱，又仗著自己重聽，只聽想聽的、想說的就說，四處招搖。我念在同學之情曾為她擔心，但她說無所謂，快樂就好！我也就不管了。最近看她悶悶不樂，病情也加重了，還是去看她，讓她吐吐苦水。她的自得其樂引起室友不滿，到處散播不利於她的言論，說她是感冒的帶原者、說她聽不到都是裝的……所有過頭的舉止，終究會冒犯到別人。

這是個濃縮版的世界，所有事情都會加速擴張，壓縮的人際關係，容易擦槍走火。難怪船方要安排這麼多活動和課程，轉移大家的注意力。

回到自己身上。忙著應付外來的刺激，幾乎停止了靜心的活動，對於強勢跋扈的人如何應對，對於興風作浪的言論如何閃過，分秒都逃不過迎面而來挑戰。加上病菌的襲擊，身體系統失調，就更無力主動做些什麼，包括簡單的記錄。不過倒是把注意力轉向對身體的關注，和覺知習慣性的運作，這趟旅行原找不到動機，看來是最好的安排，正好可以完整地觀察自己！

人的互動原本就千變萬化，在有限的空間裡如何共享設備，每個房間都在撞擊中，特別是每調整一次空間，就帶來不同的格局變化。也要感謝室友們彼此忍耐，有人堅持就有人退讓，緣分匪淺啊！

第46天｜英國聖母院的眼淚

｜英國利物浦

｜雨轉晴｜2018/10/16（二）

親愛的大家：

到英國了，40幾年前到英國，1英鎊換100元台幣，這次跌到只剩40元左右！

利物浦是個很大的港口，物價很高，一瓶礦泉水要價1.5英鎊，真嚇人。整個碼頭的規畫典雅方便，我還去看了披頭四的博物館，非常精彩，英國真的是以對待國寶的態度在對待他們。

走過廣場，新舊建築交錯，乾淨又層次豐富。許多老船、老車被留存下來，變成餐廳；還有記載歷史故事的雕像和披頭四博物館。

英國是我四十三年前第一次踏出國門拜訪的國家。因為是第一次出國，記憶仍舊鮮明，即使是細節，也都還清晰地保存在心裡。那是和「世紀青少年交響樂團」到愛丁堡參加國際音樂節，當時還是戒嚴時期，出國的困難度超乎想像。在利物浦港口回想起青春歲月，第一次踏上異國的心情都回來了。年輕，阮囊羞澀，當時匯率又是一英鎊等於一百台幣，我在心裡驚嘆：「真不愧是大英帝國啊！」年輕時勇闖天涯，畢業旅行帶上樂器就可以環島演出，初生之犢不畏虎。沒想到愈是年長，愈多擔心。

今天的自由行又不一樣了。小旅行從認識披頭四開始，因為六十歲以上有優待票，我就樂得參觀啦。博物館有中文解說隨身聽，加上耳熟能詳的音樂，很快就融入其中。上次來英國，覺得這是個優雅、古典、深沉的國家，但是在這個改寫流行音樂的博物館裡，我見到英國熱情、年輕的一面。

之後到了現代化的聖母院，我安靜地坐在椅子上，眼淚無理由地湧出。聖母院的設計很俐落，開放的空間靜靜地等待著人們到來，並且完全地接納每一個人。我看著十字架，感受整個聖母院想要傳達給我的訊息。

離去前，古老的利物浦大教堂傳來唱詩班和大管風琴的演出。讚美神的詩歌，與眼前的景物融為一體。利物浦的主鐘樓有一百零一公尺高，門口的十三口大鐘，總重量高達三十一噸。然而鐘樓排名、管風琴排名這些俗事一點都不重要了。下午五點半的讚美詩歌傳達出的寧靜氣氛，深深安慰人心，這才是最動人之處啊。

能夠沐浴在教堂和諧的詩歌聲中，是多麼大的福報。

第47天｜雙層巴士看火災

｜愛爾蘭都柏林

｜陰天寒冷｜2018/10/17（三）

親愛的大家：

愛爾蘭都柏林，以健力士啤酒聞名。今天搭了電車和觀光巴士，繞了都柏林城市區。天氣太冷，車遊雖然走馬看花，但能看的東西較多。酒廠倉庫果然都大得驚人，劍橋大學三一學院存有牛頓手稿也很珍貴。巧遇救火現場，黑煙竄起，消防車水龍噴灑，從巴士上層看過去格外怵目驚心。

到愛爾蘭了，這次準備自由行。由於姊姊生病，由姊夫領軍出遊，沒想到一開始就遇到考驗。這次停靠的點是個貨櫃碼頭，船客得自己「走」出去，貨櫃碼頭真的很大，光到電車站就得走上半小時，好在每個街口都有和平號工作人員站幫忙招呼、指引方向。在只有個位數的氣溫下，守在每個轉角服務大家的工作人員，實在很辛苦。

這裡離市區很遠，網路也不給力，習慣靠手機提供資訊的博士姊夫束手無策，再加上還要用自動販賣機買電車票，長長的人龍，大家站著發抖，不知如何是好。最後只好分頭去問，才發現原來有不同的售票機可以用。幾個阿桑臉皮比較厚，用破破的英文搭訕問路，得到一位新手媽媽相助，帶領我們找到可以自由上下車的觀光巴士購票處。接下來才終於輪到姊夫發揮領隊功能，幫大家決定搭乘兩個路線的觀光巴士。最後就剩午餐的問題，還好進入市區就恢復了網路，姊夫立刻聯絡姊姊幫忙找餐廳（這向來是老婆的工作，只要有了網路，整個系統就恢復了）。

搭了兩趟車遊，經過了重要景點，包括珍藏著牛頓手稿的劍橋大學三一學院，還有參觀健力士啤酒廠倉庫。天氣真的很冷，大夥兒躲在車上遊覽市區算是比較好的選擇。看完街景，巧遇火災現場，也算經歷了另一種氛圍。

中午找了許久，終於找到躲在耳樓的老餐廳「Old Mill」，滿滿的人，還好姊姊先訂了位。午餐很豐盛，還喝了當地健力士啤酒，真是不虛此行。

回程發生了一個小插曲，有位夥伴自己先跳上車，也來不及拿車票，還好是最後一站，不怕迷路，倒是讓大家討論起這裡沒有人賣票、驗票，要是乘客沒買票，不知會如何？

下了電車，工作人員已經安排了小巴送大家回船，真感恩。

第48天｜最後一碗白飯

｜大西洋

｜大風｜2018/10/18（四）

親愛的大家：

我們要離開愛爾蘭，進入大西洋了。風浪明顯增強。

昨天回到船上，看到整個貨櫃的食物運送上船，想想每天1,000多人的食物量、工作量會有多大？心中升起滿滿的感激。

聽說即將進入極光圈，相關課程的場地，人都滿出來了，這可是這次旅遊的大亮點呢！

昨天應該要把時間調慢一小時，我想今天在海上沒什麼關係，就忘了調。早上已經少吃了，心想暈船時要減少進食，正猶豫要不要吃，肚子傳來訊息：有點空虛，需要吃！

走到九樓，從玻璃門看出去，發現餐台已經收拾乾淨了，才想起已經過了午餐時間。自動門一開，寒風吹來，突然有一種淒風苦雨的fu，抓緊衣服縮著頭，想到船上沒有特別準備素食，自己多半靠著白飯加生菜填飽肚子，餐廳裡供應的餐點連湯汁都會加魚加肉，淋在白飯上充滿腥味，吃著最安心的只有白飯！另一個餐廳今天供應的是香雞排漢堡，通常有生菜和薯條，但卻沒有吃飯的效果……

頂著風走出去，看到服務人員，抱著最後希望，用破日文問：飯都沒了嗎？他看了我一眼，猶豫一下，給了我一碗本來要倒掉的白飯。雙手接過白飯，這時我打心底說出：謝謝你！我想他可能覺得抱歉，因為其他的東西都收光了，可是他不知道他給的這碗到我手中尚有餘溫的白飯，讓我有多感激！

曾經在電影《孤雛淚》中，看到小孤兒被迫要去向大人要多一點飯的一幕，「請多給我一些」那樣無辜的眼神至今難忘，但我今天體會到的卻是，在沒有選擇時，接受到意外的給予，可以帶出如此多感恩的心！

第49天｜守候極光

｜大西洋

｜浪高7尺｜2018/10/19（五）

親愛的大家：

昨天夜裡，桌上的玻璃瓶竟然因為風浪太大摔破了！氣溫降到個位數，浪也飆高到7尺了。為了怕暈船，我刻意減少飲食。我可是暈車專家啊！

專家預測今晚是看到極光的極佳條件，但天氣才是最關鍵的因素。一切都看大自然了。

船隻進入極光圈的航行路線，這是所有人引頸期盼的時刻，卻沒想到是在這樣的驚濤駭浪下。儘管船上課程聘請的專家，預測這兩天一定出現極光，而且可能可以看到綠色以外的極光！但事實上，這極差的天氣，不免讓人感到悲觀洩氣。海上不但出現一個個白色浪頭，海風也把浪花吹成水簾幕。船上不斷廣播著：走路要扶扶手、不要穿高跟鞋、手指不要被門夾到、暈船藥在五樓……

課堂上的專家鼓勵我們：

那一百二十個擔心看不到的乘客，一定要保持正念！

要想著一定要看到極光！

預測晚上八點半將出現！

前提是天氣要配合唷！

我們將會帶大家到最好的位置，如果極光出現了……

人們如何和渴望在一起，如何滿足這個期待，過程中會產生什麼變化呢？

進入極光帶開始安排課程分析、預測，每個風吹雲動都牽動著美夢能否成真，隨著船身的搖擺，雲層時開時閉，極光像個神祕嘉賓若隱若現，冰冷的海風、微弱的燭光，只要廣播聲一起，隨時都可以將人們從被窩中喚起，在黑夜中包裹著身體、撐開眼，四處尋找夢幻中的極光！

放羊孩子的玩笑沒有被原諒，但船橋的廣播，到底是不是放羊孩子的遊戲？每個人的解讀不同，反應不同，仍然前仆後繼地上下奔跑，都因著極光的魅力啊！

晚上九點，船橋廣播，天空出現極微弱的極光。乘客們湧上甲板，成群結伴，許多人架起相機腳架，每雙眼睛都朝向兩點鐘方向，用盡想像力去看那微弱的極光。我反而離開人群，因為我早就準備好了。離開人群是因為我準備好長長的等待。

十點到十二點間，船橋又傳來廣播，前方兩點鐘方向有微弱極光。

每個整點，我都穿起披風上甲板，人愈來愈少，留下來的多半是年輕人。甲板的燈光關掉了，取而代之的是階梯上的燭光，讓我們的腳步能走得更安穩，樓梯邊還有一個拿著手電筒的工作人員，仔細照顧往來的人們。細心的關懷照顧持續到兩點多。

今夜最美麗的，是深夜的星星，和船員們準備的腳邊燭光。

深夜兩點，我穿上可以裝個小暖爐的披風上甲板，那是一位北京師兄結緣的，原本是打坐時使用，但台灣的冬天根本用不上。幸好，今夜有這件溫暖披風，讓我不懼寒冷，一次又一次地追逐極光，直到大家都睡去。

要說沒看到極光是不是很失望，其實真的還好。我看到服務人員的辛苦，只有感謝。當大家都拉長脖子找極光，他們卻低頭幫大家注意安全。那樣的寒風，那樣稀有的機會，卻有不同的焦點，有些人追逐，有些人成全，而大自然決定發生的結果。

甲板上只剩一堆堆靠在一起取暖的年輕人，某個角落有暖氣排出，聚集了一小撮人。我站在十一樓甲板，抬起頭，竟然看到滿天星斗。曾經在初次師父直接傳授心法和咒語給徒弟，宣告正式學法的「印心」儀式夜裡，我在空曠的稻田抬頭看見星空浩瀚，眾聲寂靜又巨大。今夜，在位於北極的船上與浩瀚星空重逢，星辰高高低低，和我對看。

這是偶遇，是擦肩而過。沒有極光，卻遇上了星星，只有幾個躺下來的年輕人知道這個發生。

走下甲板，突然對「守夜」有種熟悉感。年輕時，我喜歡在春節為父母守歲，沒有人要求，也不一定相信可以為父母親添壽，但我就是願意守候。有些年不冷，也有幾次寒流來襲就像今夜。

我突然明白，很多事情的發生是給準備好的人，準備好的心不會設限，等候著可能發生的願望，卻也接受沒有到來的結果。把心放開，就不會錯過身邊發生的事情。

第50天｜吹落的纜繩

｜冰島峽灣、阿克雷里

｜大風浪｜2018/10/20（六）

親愛的大家：

浪高5尺時，船幫大家追極光。昨夜為了等待極光，大家都儘量保持清醒，連暈船的人也不願意吃藥，深怕錯過此行的願望。

追了一天極光，船長決定暫停阿克雷里市避風浪一夜，也算是增加一個靠港地，補償一下大家的失望。回船時纜繩被風吹落，船漂開岸邊，聯絡橋斷入海中，一批乘客受困於寒風中，給了和平號一次總動員的挑戰。

船跌跌撞撞地前進，進入北極圈，風浪持續增強。穿過冰島埃亞峽灣，風浪實在過大，船長接受岸上的建議，天黑後進入阿克雷里市港灣暫停避風浪。船穿過峽灣時，我從甲板上見識了冰島的雪頭大山，和逼人的寒氣，天黑時更只想躲在船上。

八樓兩側坐滿了上網的人，服務人員走過來「趕人」。畢竟這是個臨時加入的停靠點，可以到冰島峽灣的城市逛逛，機會真的很難得。十二點收假，明天一早就離開，再也沒機會來這裡了。想想也是，經不起勸，打起精神上岸探險啦！

大家冒著寒風，走進市區逛逛，沿途的強風幾乎可以吹走行人，大家抱著好玩的心情逆風而行。小小的峽灣城市，突然湧入上千人，好像被喚醒般地忙碌起來。我們東晃西晃，最後居然吃起冰淇淋，在寒冷的天氣吃冰淇淋真是夠新鮮的經驗！街道的強風把人吹得踉蹌，電影院、酒吧、服裝店原本已經準備打烊，有幾家特地恢復營業，另外幾家更大的商店則擠滿了人群，店員們一臉不知所措的無奈。

因為是臨時靠岸，纜繩沒綁緊，上下船用的聯絡橋竟然被強風吹開，掉落海底，好多人被困在岸邊，真是狀況連連。平時被關在船上，這次卻被關在船下。船方立刻調動大批人馬搶救，碼頭工作人員也被招回，撈起纜繩，重新架起聯絡橋，一次五個人，陸續接回打哆嗦的乘客們。今天很忙亂，但日後一定是美好的回憶吧。

第51天｜極光是恩典

｜冰島峽灣

｜氣溫4度C，浪高6尺｜2018/10/21（日）

親愛的大家：

昨天風浪太高，本來要舉辦的成果發表會改在今天。所謂的發表會，是船上各種課程練習之後的成果發表，總共有24場。有靜態的手藝展，也有動態的表演，目的都是要鼓勵努力學習的成員。由於大家的有心向學和成熟，結果也是令人驚喜的豐富。

要對乘客承諾極光是不合理的任務。今年，顯然是老天爺為難我們，應該看不到期待中的稀有壯麗景觀了。這樣的失望可大可小。高大的船長透過午餐例行談話，除了報告天氣、氣溫、水溫、船速方向、風速、浪高、海深等航海資料，也再三誠懇地道歉，說明昨晚策略的來龍去脈。

因緣和合原本不由人，這趟旅行三度與風浪搏鬥，第一次是颱風由日本吹向台灣；第二次是全速離開西班牙，逃開暴風圈，後來那股颶風吹向葡萄牙、西班牙，造成百年來最慘痛的災害；第三次就是在我們期待極光時，浪頭太高，已非人力可以抵抗。另外加上海盜船的防制過程，也讓人感到驚險。

海上旅行更依賴大自然，一切難以預期。明明一路上都是藍天，盼望著到了北極圈可以看到壯麗極光，沒想到一入北極圈卻淒風苦雨，寒風刺骨。

儘管沒有極光，但我們還是看到了壯麗的冰雪山峰。親眼見到白雪冰山，跟明信片上看到的完全不一樣，四周瀰漫著冷冽的空氣，酷寒無孔不入地侵襲。嚴寒雖苦，卻是親近冰山才能感受到的。在龐大冰雪山頭的俯視下，人類何等渺小脆弱。

極光也許是對寒冷地帶人們的恩典，獎賞他們無畏寒冷，一份刻骨銘心的禮物。

第52天｜金黃色的荒原

｜冰島雷克雅維克

｜陰雨｜2018/10/22（一）

親愛的大家：

冰島到了，3度到5度，下著雨。好冷啊！

雖然還是秋日，但這裡的山頭已經白了。島是彩色的，綠色草原上，大部分是金黃枯萎的野草，火山岩處則是黑色的，遠遠的山頭已經積滿白雪。這裡真美。

冰島的綠色意識強烈，放眼望去沒有高壓電纜，保持整個原野的完整性。知道愈多，愈敬佩這個比台灣大三倍的冰天雪地島國是如何地生存著！

對有些人而言，到冰島只是一張機票；對有些人而言是從未想過的旅遊去處。對這趟旅行而言，這裡只是其中一個停靠點；對我而言，就是到了海角天邊，到了終點。

冰島並不大，我印象中的冰島除了雪屋、愛斯基摩人，然後就是前幾年的破產。這趟冰島之旅包括了黃金瀑布、間歇噴泉、大裂縫、舊議會遺址國家公園，濕冷一路作陪，而現在還只是秋天。沿路風景優美，白色山頭、黃色原野、黑色礁石，大地顏色層次豐富，殘留的綠色披上白露，沒有高壓電線，保留完整的自然美景，寒風中仍然讓人心曠神怡。

接著遊覽冒著煙的藍湖，粉藍色的溫泉美如仙境，坐落其中的黑色礁石，讓人捨不得移開視線。許多人行前做足功課，預定了泡溫泉品酒的行程，臨時的散客就比較沒有這個享受的機會了，不過在岸邊喝喝咖啡，也是一流的享受。

市區裡比較大的地標當屬管風琴大教堂，簡潔的造型和建材，相信可以保存百年不變。另一個景點是小白樓霍夫迪樓，雷根和戈巴契夫結束冷戰的歷史性會晤就是在此舉行。旁邊的太陽航行者雕像象徵著冰島的精神，最後一站是哈帕音樂廳，一棟得過世界建築設計獎的現代化建築，向世人宣告冰島人現代化的一面。

冰島在我的印象裡，是極地，是天邊，所以今天我流浪到了天邊，也是海角。

如果說人因夢想而偉大，是因為夢想帶著自己走出侷限。而若這樣的說法成立，那麼從小夢想流浪遠方的自己，現在就算是偉大了？再問，偉大究竟是什麼意思？就是在之前某個時刻裡做了一個決定，於是一路被推著走，在每個障礙出現時，再一次決定繼續往前。久而久之，時間之流就帶著人到達了目的地。

以此類推，最偉大的人，也是一樣的心路歷程。在每一次的障礙出現時不忘初心，助力會出現、貴人會挺你，把人推向偉大的位置。

看懂了，就可以瞭解那些偉人的謙虛和無奈。

看懂了，就不會遺憾自己的渺小。

這裡沒有讓我失望。大自然的畫筆處處留下驚喜，這裡的人尊敬大自然也跟進文明，比起錢，他們更愛大自然。他們對全世界宣佈破產之後，默默生活，也打開大門讓世人走進冰島。他們有維京人的堅持，但願他們守住這塊土地的潔淨。

第53天｜追逐極光的最後機會

｜北大西洋

｜濕冷｜2018/10/23（二）

親愛的大家：

昨晚是追逐極光最後的幾會，又上演狼來了劇碼，3次。不知道有誰可以真正學會放下，接受真相：其實極光一直在，只是我們看不見？

風浪未曾平息，船身嘎嘎作響，這艘老船可經得起這樣衝擊？

旅遊告一段落，要恢復日文課了。我以為阿奇拉學到的有限，可是媽媽說阿奇拉告訴她，自己可以聽懂一點點中文了。我明白她有打開耳朵。姊姊加入我們的課程後成了小翻譯，這讓我驚喜，小姊妹嘰嘰咕咕交談著，姊姊快速跟上進度，這讓我確定方向無誤！

上課時複習舊教材，讓她們互相問答，我只需要矯正口音，她們也玩得很開心，這樣的方式恰到好處。阿奇拉很喜歡畫畫，一偷空就畫娃娃，這讓我想起自己小時候也是如此，真有趣。

船在航行中，無處可去，除了上課，就是看電影。昨晚看了《神鬼獵人》，敘述人為了活命，如何在嚴寒中和死神搏鬥。另外，讓人更堅定要活下去的是某種意志，是為妻子、為兒子、為復仇的意志。

我一邊看，一邊暗想，在每一個關卡情境下，我都會選擇死去。人本來就會死，何須自討苦吃。本來想放棄觀看，卻又逼自己不要躲開，儘管電影血淋淋，儘管愚昧殘忍，我都要直視它。

最終，在與敵人的生死搏鬥中，敵人說：「慢慢享受你的復仇吧！」男主角突然懂了，完成復仇是上天的意思。他原諒敵人，放手讓他去，神自有安排。主角完成最後功課，生或死就沒什麼差別了。

我在看電影的過程中，不斷看見自己是如何地軟弱無能，從主角的求生看到自己的求死。故事結束了，生命還在繼續，我的生和死有什麼差別呢？也許是苦吧。我自己吃不得苦，也見不得別人受苦，活著放眼都是苦，死了會結束嗎？

把「活著」當成禮物給予，這是我的選擇。

第54天｜行程過半了

｜北大西洋

｜陰冷｜2018/10/24（三）

親愛的大家：

今天想製作風景明信片給好朋友們，將拍下的照片從手機取出，透過機器洗出來，貼上明信片貼紙，寫上住址，貼上郵票，寄上我的祝福。希望大家喜歡，我很開心做這件事喔！

今天是行程的一半，好像很漫長，但又如此飛快。

剛上船時，大家都很振作，想規畫一個完美的船上生活。每天清晨，各種活動蓬勃進行，陽光普照充滿朝氣。至於今天嘛，驚濤駭浪，提醒大家注意安全的廣播不斷播放。人與人的接觸也打破國籍，各自拓展交際範圍，尋找波動相仿的友伴。每個故事的主角都浮出檯面，捕風捉影的劇情漸漸明朗，各種課程也將會更深入，後半段行程又會是什麼光景呢？

上船以來，終於完成了一件讓自己最開心的事。

現在手機拍照已不是難事，隨手留下的無數照片裡，記錄著來不及記住的雪泥鴻爪，心知它們終將被存放在資料夾中難見天日。有一天，室友拿著明信片進房，我驚訝地發現，那是她拍的照片，透過船上的機器印出來，後面貼上明信片格式的貼紙，就完成一張明信片。這個點子太棒了，我迫不及待試著把照片下載下來，匆匆忙忙去列印，一興奮起來根本顧不得自己日文不識幾個字。一路製作下來，拿出住址又貼又寫，到處告訴遇見的人自己這個新發現，突然瞭解那些嘴巴停不下來的人，其實是陷入某種情緒當中！現在的自己何嘗不是如此？

我跟小姊妹的語言交換課程因為不斷調整，現在上得很愉快，姊姊很開心，阿奇拉的表現也讓我很高興，她知道可以怎樣幫助課程進行，讓兩人的對話可以進入有趣的練習。雖然我自己沒什麼進步，但這不重要，只要這段時間是和諧安詳的就夠了。

九樓甲板的餐台因為風大，移到室內，佔用了居酒屋的空間。人群湧入後，居酒屋變得有些雜亂，原屬於少數願意花錢的人可以安靜進餐的地方，現在只能隔出一個角落。人們好奇地觀看菜色，雖然會刺激消費，但商機的浮現也意味著氣場的改變，是福，也可能是禍。

回想當年，台灣開放陸客觀光，小小的島，到處充滿不一樣的口音和足跡，商人忙著擴充設備，居民們忙著抱怨。沒想到才多久時間，陸客不來了，放眼望去，一片蕭條，設備空置，血本無歸。台灣人有沒有學會些什麼？三十五萬國民的冰島湧進七百萬觀光客，冰島人會怎麼應對？

今天又要調慢一小時。漫漫長夜，船艙結構窸窸窣窣，船的呻吟聲很擾人。室友說：「不在意，就聽不見。不在意是因為你早就知道這是艘老船，跟老人一樣，就是會鬆垮垮，就是會嘎嘎叫，你能怎樣？我們的房間已經很好了。」

說得好，生活原本就包含了所有的存在條件，我們選擇了在這裡，就是決定了生存條件，一天二十四小時不斷運作。特別是郵輪旅行，海上航行隔絕了許多陸地的資源和自由，此時此地就是無處可逃，人難免掙扎，難免想脫離。

有時候我會浮現念頭：「如果可以住兩人房多好。」但我也會立刻看到真相，我不可能花更多花錢換取自由，這念頭就過去了。

第55天｜是否該寫遺囑？

｜北大西洋

｜陰冷，浪高10尺｜2018/10/25（四）

親愛的大家：

最近風浪實在太大，船身嘎嘎作響，愈來愈多人不支倒床。航海的生活真不好過，當初以為像電影演的搭豪華郵輪平穩航行，然而好天氣的比例並不高。冬季的風毫不客氣地呼嘯，老船乘風破浪很吃力。搖擺時間長了，多少有些暈，暈得嚴重的人竟然開始思考：要不要寫遺囑……

今天又調慢一小時，在搖籃般的床上賴床，挺舒服的。迷糊中做了個夢，夢裡的情節都發生在船上，想來我應該已經適應航行生活了吧。第五十五天，已經超過航行的一半時間了，心裡有微微的厭倦感，最大的負擔是必須吃藥入睡，航行的無聊靠打電動來打發挺好，可是視力也變差了。

這幾天風浪大，船身嘎嘎作響。面對不可知的未來，人究竟會有什麼樣的反應呢？隱約中聽到有人討論起遺囑，問了之後才知道，姊姊跟姊夫的財務已經公證，效力相當於遺囑，我擁有的不多，煩惱也不多。

這幾天只能在海上航行，無事可做，風浪創造出新的情境，帶出最真實的人生課程。

至於我在這段時間裡，無法打坐，沒有同修，沒有善知識，整個重新安置的生活內容，很感恩這個記事的任務，讓我把注意力鎖在覺知狀態下，獨立奮鬥，其實就是在生活中把修行實踐出來。這裡是個濃縮的時空，千人窩，活生生的互動、撞擊、學習，是個太棒的修行環境。

剛開始被要求放下打坐，接著動態練功也因風浪過大無法進行，就這樣無所依靠地活著。曾經盡力維持形而上的動作，但是大環境就是不適合，於是漸漸放下堅持，退去所有儀式，只剩一對看著一切發生的眼睛。

第56天｜參觀船橋

｜北大西洋

｜陰天｜2018/10/26（五）

親愛的大家：

今天要參觀船橋，也就是駕駛艙。許多人把參觀船橋當成重大活動，室友因為錯過報名懊惱不已。

負責接待我們的退休船長是個留著鬍子，很溫柔的男士。他帶著我們穿過一排小小隔間的辦公室後，就進入了駕駛艙。

船長說今年會有3對新人在船上結婚，船方會提供海上地點的方位證書，新人可以憑證書回國申請登記結婚。想想有千人見證的婚禮，順便渡蜜月，真的很浪漫啊。

船橋是整艘船的頭部，有千里眼般的視野，以及大腦般的複雜設定，裝置了各式各樣的儀器，羅盤、地圖、旗幟等等。羅盤通常是由專門的舵手操控或自動駕駛，船長則是做決定、發號施令的人。

天花板上鑲著一排格子，裡面放了各式旗幟，各有不同功能，升到甲板上代表船的狀態，有的是危險信號用來警告或求救，例如「海盜來了！」、「危險！」等等。通訊時因為字母發音容易混淆，就用同一字母但通俗的詞彙來代表，這也是國際共通的規則，例如：R是Romeo（羅密歐）、W是Wiskey（威士忌），SOS則是Save Our Soul（拯救我們）。雖然都是些可以搜尋到的冷知識，但親身在船上學到，還是聽得很津津有味。

電子羅盤的螢幕會出現所有鄰近的船隻名稱，如果出現無名船隻，就有可能是海盜船，去年有五十二艘海盜船，今年則有三十七艘。海盜船通常都很小，三到五月風浪特大通常不會出現。一般來說，海盜船速度有限，等到追上大船，油料可能就沒了。不只如此，防衛之故，駕駛艙室外兩舷都有裝置船上緊急災難發射器，透過衛星發射救難發射器，通知附近的自衛隊前來救援。聽起來有很完備的防盜措施啊，可是全船還是為了海盜搞得緊張兮兮的。

駕駛艙裡還有天氣圖，這幾天我們的船又掃過颱風旁邊了。風浪很大，船長笑問大家有沒有很享受？大家趁機反問：「船會不會解體啊？」船長大笑安慰：「船每年都會體檢，沒有通過體檢不能出航，很安全啦！」

參觀船橋真的很愉快，除了船長親切又溫柔的招待，更重要的是他詳細的說明安撫了聆聽者的情緒。這趟航行，船上發生了許多狀況，比如海盜、颱風、怪聲、改航道等等，乘客因為無知，所以胡思亂想，擔心害怕，的確需要開放船橋參觀讓乘客安心。酒不醉人人自醉，事不驚人人自怕。知道真相，就免去擔心受怕。

這幾天船上教唱了一首輕快好聽的歌，很勵志，我聽了也很感動，特別抄了下來：

抬起頭向上看，往前走
這樣可以不讓眼淚滑落
回想那些春天裡的日子
就這樣一個人孤單的走
抬起頭往前走
模糊的淚眼，數數星星

回想著那些夏日
一個人默默地往前走
幸福就在雲上面
幸福就在天空上
抬起頭向上看，往前走
這樣可以不讓眼淚滑落
回想那些秋日
一個人靜靜地走
就算眼淚掉出來也要往前走
獨自一個人走
讓悲傷藏在星星裡
讓悲傷藏在月亮裡
抬起頭向上看，往前走
這樣可以不讓眼淚滑落
回想那些春天裡的日子

就這樣一個人獨自地走

歌詞聽起來感傷，卻又隱含了力量。帶著自己往前走，即使一個人，有回憶相伴，雖然孤單，仍然可以繼續向前。

第57天｜大排長龍的美容室

｜加拿大聖羅倫斯灣

｜雨停了｜2018/10/27（六）

親愛的大家：

船上前一陣子是診療室大排長龍，今天的長龍轉向美容室。小小美容室剛開始門可羅雀，像個漂亮的裝飾品，如今可熱門了。

細看長龍，原來每個人頭上都開了小白花，三千煩惱絲發威了，今天預約可能要排到下個月才能染髮囉。

昨天公佈航海圖顯示了颱風位置，加上我們本來預計的鐵達尼號航線可能會看到浮冰。為了避開可能的風險，船長決定駛進加拿大附近的聖羅倫斯灣。

窗外的大浪像一座山，船像雲霄飛車般滑落，桌上的東西都摔到地上了。不得已需要走動的人，全都東倒西歪地像醉酒一樣，難怪日語暈船就叫醉船。

第58天｜跟隨別人歡樂起舞

｜北大西洋

｜風雨再現｜2018/10/28（日）

親愛的大家：

今天風浪更上一層樓，大家又要走花步了。

早上去學習一首沖繩歌，《花》，周華健翻唱過。主持人介紹沖繩是一個列島，有自己的文化，和台灣、日本、韓國一樣。這樣的概念是不是讓人很暖心啊？在歌曲中，花朵象徵希望、和平、愛情，花朵將漂向何方呢？我們只能放情哭、用心笑，等待花開那一天。

昨天下午船行稍微平靜一陣子，人們活躍了起來，晚上工作人員親自演出的節目獲得滿堂彩，簡單、緊湊、有效率，年輕人的活力真讓人激賞。許多創意博君一笑，觀眾自發又熱情，愈出槌掌聲愈多，笑聲連連。日本太鼓、騷莎舞、阿拉丁歌舞小劇場、蘋果鳳梨筆的搞笑，船上生活歌曲的創作，現場玩童玩小把戲，咻一下，就幫大家渡過調時差的等待，挖掘出在每個人的生命中發光發熱的歲月，記憶舞動著。

到了半夜，被夢境驚醒，原來是風雨再現。風浪大作，把東西都摔到地上。慢慢清醒，想起可能已經走出峽灣的保護，回到大海中。

天亮後，風浪仍大，甲板活動暫停。突然無處可去，室友們開始聊八卦、互通消息。我忍不住插嘴問話，室友突然衝著我說：告訴你你也不會知道，你又不出去交際⋯⋯

迎面而來的一槍，讓我閉上嘴，往自己心裡看：

我本能升起一堆防衛的念頭，隨便都可以拉出幾十條來攻擊對方，但有些手足無措，不知如何安頓。除了把想說的話擋住，安撫蠢蠢欲動的情緒外，真的很想離開現場。但又覺失禮，就默默坐在床上。我凝視著自己的變化。右腦上側忙著反駁但卻送不出去，發麻震動著，臉上應該失去表情了吧？

最終，我藉口去工作，起身離開。但今天船艙裡處處都是人，決定到八樓找個角落，看海浪打電動。

不和人主動接觸是一開始就決定的，得到這樣的對待就是必然的啊。然而真的要面對的事實是，如何自處，如何自在，我還沒練習好。

自己一時興起，想要加入某個情境或組織，首先就讓自己進入失去覺知的狀態。平時總是保持距離，突然靠近，難免讓人覺得威脅或被冒犯，被排擠也是可以理解的。如果自己真的打算修正行為，執行徹底，就不會加入聊是非的談話。是習性、好奇心的驅使，讓我主動介入，這些讓自己感到不愉快的互動發生，全部都在傳遞著一個訊息，讓我明白每個動作的發展，都是因果交互的，隨之而來的感受，例如：不堪、尷尬、受傷等等情緒，就是舊習性，業的顯現。它們出現的目的就是讓我重新看見，等待因果升起，滅去。

我如果只選擇自己想要的，就不能期待也享用別人擁有的。

似乎在此刻，我才發現自己常浮現的心虛，我堅持自己的清淨，卻又跟著別人的歡樂起舞！

第59天｜金碧輝煌的紐約夜景

｜美國紐約

｜晴天｜2018/10/29（一）

親愛的大家：

看到紐約了！突然體會過往移民引頸期盼後，終於看到陸地的心情！身邊人心浮動亢奮，海上風浪的顛簸終於可以暫停。

美國的入境意外繁瑣，不只要面試，還要到船上尋訪。如此大張旗鼓地落地手續，是否也彰顯了美國國力的強大？

昨日船將靠岸時，好多回憶浮現。我已經來過紐約兩次。第一次在皇后區住了兩週，天天坐紫線地鐵進城。另一次是和女兒住在中央公園附近，跟日本留學生分租了房間。那時女兒正在和男友鬧分手，我在紐約陪伴她。記憶中的影像愈飄愈遠，醒來時仍在混沌狀態，不知心何所依恃。

清早醒來，依然飄渺，獨自到四樓餐廳吃早餐，又爬了五層樓，想到甲板上走走，偏偏風大，頂樓甲板封鎖了。往回走，在餐廳被獨特的點心吸引，儘管不是素食，我也想帶些回去跟室友分享，哪知回到房間，誰都不在。信步走到八樓交誼廳探探，聽人們說話，還是坐不住，起身想走，卻不知道該往何處去。

船漸漸往陸地靠，網路通了，點開群組卻覺得陌生，很疏離。身邊穿梭的人愈來愈多，我卻愈加感到哪裡都去不了，也沒有想著要去哪裡。我只是習慣性地感覺到，為什麼我沒有目標，卻也沒有預設？

我到底怎麼了？

當下我並沒有特別的情緒，只看見自己與人的關係正在移動。念頭浮現，我先回到呼吸，跳開外部世界，再循著右邊肩頸的緊張部位觀察，靜下心關照，在我的緊張裡，隱含著一絲不安：如果我消失了，如果大家都忘了我，會怎麼樣呢？

外境不停運轉，進入紐約這個大熔爐，強大的波動，讓目前的我無法保持安然自在，不為所動。

下船的隊伍人聲嘈雜，一波波的關卡要通過，我卻又看到自己因為焦慮而不停詢問，唯恐遺漏證件資料，深怕跟不上隊伍。那樣的慌亂是很深沉的情緒，此刻浮現，被自己覺知，知道自己不如想像得安住。

下船後，還是依靠姊姊。我依賴得愈深，就愈失去平衡，也愈想討好姊姊，人也就更不自在。姊姊的大學同學幫忙買音樂劇的票、報名聯合國參觀，明天還要作陪。

逛完韓國城，吃完晚餐，送走四個朋友去聽音樂劇，就和家人去帝國大廈觀夜景，一償宿願！帝國大廈是百年建築，卻絲毫沒有老舊的痕跡，裡裡外外都翻修過，線條很現代化，不再是老電影《金剛》裡的樣貌，也不是《西雅圖夜未眠》的內部裝潢。參觀的人潮不斷，排隊、上電梯、最後爬上六層樓。當看到金碧輝煌的紐約夜景，寒風刺骨也值得了。

紐約市中心的車速比北京更慢，雖然到處都有共享腳踏車，也有隨時可以跳上跳下的觀光巴士，仍無法消化如過江之鯽的遊客，而且愈夜愈美麗。

第60天｜進不去的聯合國總部

｜美國紐約

｜晴天｜2018/10/30（二）

親愛的大家：

紐約魅力無敵，無論來幾次都還是會被它的美所震懾。對我最大的吸引力是街和大道的規畫簡單明瞭，對我這個路痴是慈悲的。各色人種、各式打扮和語言，分不出誰是陌生人。

聯合國總部的參觀，是這趟旅行中最不愉快的經驗。在裡面，感覺到完全無法立足的命運，我的愛國病復發。

今天的重點是參觀聯合國總部和購物。好不容易塞車塞到聯合國總部，竟然因為台灣不是會員國，所以不准入內參觀。整群遊客中，只有我是台灣籍，雖然後來還是找到方法，把我給夾帶入場，可是在聯合國聽得愈多，我的心就愈冷。

台灣在聯合國完全沒有容身之地。特別是現在的常任理事換成中國，中國不點頭，台灣就什麼都不是。這真是太讓人憤怒了！聯合國裡展示著滿滿的理想、維護人權、世界和平，多麼偉大的情操啊，卻獨獨容不下台灣。

我的愛國病又發作了，什麼理想嘛，一切都是屁！我的心在淌血，腦在燃燒啊！我把大拇指往下比，以示抗議，但那又怎麼樣呢？

唉，太重的病，真的會留下病根。被漠視的遭遇，也許是我一輩子的創傷，為了強出頭，個性中也有讓人討厭的部分，這也是無可奈何，也許這就是我要努力消除的業障。

幸好旅行是流動的。下午，先去布魯克林的百年大橋走走，再去看新車站和重建的雙子星大樓，現在只蓋了一棟大樓。接著又去附近的華爾街摸摸金牛，看小女孩銅像。近來股市下跌，摸金牛的人潮一圈又一圈。跟朋友在車上聊著川普的事蹟，他是個梟雄式的領導者，正在打亂世界現有的秩序。

午餐在我曾經去過的皇后區，看起來也被「都更」了。在韓國人開的火鍋店吃到航海以來最豐盛的一餐，滿滿的蔬菜，久違的素食料理！

吃飽後分頭購物，買了寶寶的衣服，還買了毛線鉤針，再去超市採買許多食物，好瘋狂，但是好開心，一掃陰霾。回船上時還動用了兩位上海朋友幫忙抬，陣仗嚇人，三箱飲用水、一大堆水果，下半段旅程很豐盛！真是領受到出門靠朋友！

第61天｜好久不見的藍色海洋

｜大西洋

｜豔陽天｜2018/10/31（三）

親愛的大家：

以前的蔣公紀念日，現在過的是萬聖節。天還沒黑，船上已經蠢蠢欲動。大家都準備當鬼，船方準備了各種化妝道具，有興致的人互相塗抹，穿出各種怪衣服，以嚇人為樂，熱鬧滾滾！喜歡安靜的人則可以選擇科幻電影，各取所需。

好久不見的藍色海洋，太陽照耀著，大海用藍色來回應。

兩天紐約行有點疲倦，今早九點才睡醒的人很多，早餐都不夠吃了。大家興高采烈交換戰果，有吃大餐的、有看音樂劇的、有騎腳踏車的、有買名牌包的、有逛了帝國大廈和聯合國的……

我一早就興高采烈拿出毛線鉤針，室友一看到，立刻幫我起針。原來身邊都是高手，大家都曾經掉入編織海裡啊。

今天也是船上的萬聖節。以前在台灣，十月三十一日都是慶祝蔣公紀念日，如今大家卻只慶祝萬聖節。到了郵輪上就更是如此了。天黑前，鬼怪就蠢蠢欲動，船上更準備了各種化妝道具，想要嚇人的，可以儘管塗抹，穿各種鬼怪衣服。人嚇人，熱鬧滾滾。連阿奇拉來上課時都穿著可愛的怪獸衣服，媽媽姊姊加入語言課堂，四個人各說各話很開心，卻完全沒有進度，讓我不知道該如何進行。唉，我太習慣自己做主，節奏被打亂後，習慣性地想要恢復秩序，真的不需要呀！這也是我得學習的。

第62天｜要結束日文課嗎？

｜大西洋

｜碧海藍天｜2018/11/1（四）

親愛的大家：

一樣的大西洋，不一樣的風浪。窗外的碧海藍天，溫和的海風輕拂，取代了一週前的狂風暴雨。在大自然的運作下，一切生態跟著起伏變化，真是縮時攝影的快轉歲月。

許久不見的海上落日，昨天再次綻放美麗。甲板上的風不小，卻也不冷了。我滿滿地吸進海風，同時欣賞千變萬化的霞光，暈船之苦彷彿也稍稍緩解了。

停不下地一直鉤毛線，剛開始鬆鬆緊緊織出歪歪扭扭的圓形，一邊找回手感，一邊調整針數。心想著即將出生的小孫子。心暖了起來，編出的帽子很帥氣，室友靈巧地加上一個小球球，完成了我的禮物。接著又給女兒織了一頂一樣的帽子，母子一起帶應該會很有fu。感覺自己這個阿嬤當得有點樣子，很得意呢！想著乾脆給兒子、準媳婦也各來一頂吧！我不擅長購物，常常湊合著過日子，對物價跟品質完全不熟，他們姊弟倆早早把我這麼個媽給訓練好，什麼都別買！

今天也做了一個重要的決定，要結束阿奇拉的課。最近情況有些混亂，阿奇拉有了新的中國朋友，姊姊的時間也不穩定，我的日文也無法如預期進步，不如就趁機結束吧。我們比手畫腳，中英夾雜地溝通這件事情，跟媽媽確認無誤。小姊妹不知為何，突然爆發衝突，甚至開始摔東西，阿奇拉氣得臉色發白，小姊姊也不甘示弱。媽媽很無奈啊，說小姊妹一直在吵架。我們家裡有六個姊妹，我安慰媽媽，長大就會很要好了。

想著要結束課程，雖然是自己決定的，仍然很不捨。我看著心中的不捨，眼淚突然掉下來。原來，眼淚幫助我放下不捨、放下牽掛，以前我總是咬著牙，不讓眼淚落下，把悲傷鎖進眉頭，吞下的眼淚就卡在喉嚨，變成沉重的溝通障礙，許多想說的話都被自己壓縮打包藏著，故作漠視，脖子愈來愈硬，肩膀也愈來愈沉重。現在我卻學會讓悲傷隨眼淚落下，不再藏在眼睛裡，臉上的線條柔和了，眼睛也清澈了。

阿奇拉是個人見人愛的小女孩，很多人愛她。我們有一段美好的善緣，分別時不要悲傷，她原本就不屬於我，所以我並沒有失去任何東西。讓我傷心的是我們曾經很靠近，彼此相愛、信任，一起改變了些什麼，那過程如此深刻。

流淚真好，淨化了悲傷。我以前總是告訴受苦的人，眼淚是好的。但我卻到今天才真正知道為什麼，特別對那些性格堅強如鋼鐵的勇者，眼淚真好。

第63天｜海上的按摩浴缸

｜美國佛羅里達外海

｜晴天｜2018/11/2（五）

親愛的大家：

航程過半後，哪怕今天5尺浪高，也搖不倒我了！氣溫一下子升到20幾度，舒服了，又開始可以看日升日落，雖然不像剛開始的驚豔，仍然心曠神怡。

我已經織了2頂帽子當作禮物，編織很有趣喔，又打發時間又有成品。

早晨醒來，天還黑著，就在床上躺著內觀，卻幾乎無法進行。頭腦剛醒就充滿了各種故事，身體的感應卻仍模糊，自我修行真的不容易啊。

在船上也透過打毛線檢驗覺知的能力，一個小疏忽會造成永久性的缺口，這次打毛線就清楚地看見自己這個習性。明知有異樣還是往下織，累積到一定長度，進入完整的線條形狀，小小的不對勁變成一個洞，不停地提醒當初的容忍，拆下來重做就是這次的訓練。

前兩次特粗的母子帽，在學妹的修整下完成了。接下來是一般粗的毛線，光是起針就拆了四次，一次太小、一次太大、一次扭曲、一次花樣不適合，拆到毛線都分岔了。我看到自己接受重來，也意識到喇嘛們精心完成沙畫的成毀之間，沒有什麼是不可以放下的。但是，既然會消失，又何必要花那麼多心血？原來過程只是在訓練覺知，保持覺知專注，成品就會美得驚人。一個掃把一個畚箕掃過，什麼都不留下，呈現無常的來去自如，以前看到會覺得可惜，現在讓自己親身體驗過程，明白裡面發生的事情。

日子總有起伏，今天原本沒事，船方就來訓練演習一下，也是用心良苦。演習後，閒來無事，早聽說甲板的按摩浴缸很舒服，一直礙於要穿泳衣嫌麻煩，又覺得與陌生人同浴挺怪。晚餐時刻，太陽正下山，船尾一時間空蕩蕩的，機不可失，馬上換好泳衣下池，心中好歡喜。泡在水中，看著一望無際的天空，呼吸著清涼的海風，夫復何求？

第64天｜錢是英雄膽

｜古巴哈瓦那

｜晴時多雲｜2018/11/3（六）

親愛的大家：

古巴，嚮往已久的共產國家，一個還沒被資本化的土地，會是怎樣的呢？踏上古巴的土地、呼吸它的空氣、接觸當地人，是讓印象落實的唯一方法。

哈瓦那的舊城區和印度的貧民區一樣，破舊老化，卻最保留原始風貌；新城區開闊、努力建設的痕跡可見，卻看不到汲汲營營的人。人們賺的錢百分之七十要給政府，女人情願嫁給司機也不要當醫生娘。這是很不一樣的世界呀！

一入海關，我馬上買了網卡，一張卡五歐元，可以上網五個小時，不算貴，可惜後來才發現有網路的地方真是太少了。

進城後，問路也問車錢，公車停旁邊站著公務人員模樣的人，衝著我們說：「二十、三十、四十、五十，對你們都是小錢啦！」這話聽起來有點莫名其妙，我們想了想，還是決定先用走的。

穿過佛羅里達廣場，進到城裡的小公園，遇到有中國血統、會說英文的導遊，稍稍議了價錢就開始旅行啦。先是搭馬車遊古城，可以遊一個小時，這下真的是「走馬看花」了。太陽發威曬人，我們卻不減遊興，跟著馬車晃動身體，晃啊晃，跟船不一樣的韻律。馬車穿過舊城區，滿街都是全副武裝的軍人，難怪古巴人笑說這裡很安全。滿街的古董車在老建築裡鑽，突然失去時空感。這城老的自在。

我們還去了雪茄工廠跟門市，天太熱。先喝杯萊姆酒再說，再看看琳瑯滿目的雪茄，什麼等級、價位都有。後來導遊帶我們去民宅私販的雪茄，價格比市售的便宜了一半。

我進到民宅忍不住東張西望，想瞭解當地人的生活樣貌。天井破落，家家戶戶都擠滿了人，換洗衣服曬得密密麻麻。我們一進客廳，主人就連忙把門給關起來，小小的客廳，除了雪茄，只撇見電視仍然是古老的機型，小朋友偷偷拉開門簾探頭，露出亮亮的眼睛，媽媽忙進忙出，爸爸和爺爺忙著推銷雪茄。

我挑著不知道買了誰會抽的雪茄，把美金、歐元都拿出來混著結帳，花了一百三十四美金。出了小客廳要提錢，偏偏美國金融卡領不出錢。這下慘了，午餐要付不出來了！幸好導遊找到一家乾淨、便宜的餐廳，總算解決午餐問題。

到了新城區才真的為錢所苦啊。路途遙遠，又沒有餘錢可以坐計程車，公車也很不可靠，幸好姊夫靈機一動，招了台椰子計程車，外型像椰子的圓形電動三輪車，一次正好載三個客人，也談了個好價錢。椰子電動車的年輕帥哥司機會點英文，碰到景點隨時可以停下來拍照，最後還送我們回碼頭。一切都是老天爺最好的安排。我們一路看了監獄、教堂、市場、革命廣場、墓地、音樂廳、軍事博物館、果菜市場……古巴路面平整，車子開得挺快，風迎面吹來，很舒服，很像小時候騎摩托車一樣開心。

第一次體會「錢是英雄膽」，我們處處精算，一毛也不敢亂花，連冰淇淋都忍住不吃，一個夾心冰淇淋要十古巴披索，相當十美元，等於台幣三百多元，好貴，卻還是有滿滿的排隊人潮。

不買東西也好，更能專心逛逛。從下船時遇到公車站亂報價的公務員，內心覺得不舒服，到最後，竟也交織出一幅古巴群像。在這裡，街頭巷尾的塗鴉都是英雄人物的肖像，原本覺得有趣，但是連大型建築物都畫滿了英雄人物，這雖是愚民政策，卻也讓大家生活更單純。

古巴人的經濟並不優渥，但他們生活簡單，日常是快樂的，萊姆酒的酒精濃度高達百分之三十五到四十，騷莎舞蹈鼓動人心，這裡的一切都很直接。窮，有窮的生活方式，有窮的快樂。

古巴政府刻意控制資訊，讓人民安於在簡陋中尋找快樂，雖然也有讓人回味之處，但是，這樣的局勢能夠掌控多久呢？

回到船上，又是另一場混亂。一場大雨，把原本預備好的露天騷莎音樂狂歡會給搞砸了。熱情的音樂無法安撫情緒，一大群人拿著可樂擠成一團，人們漸漸失去禮貌，主辦單位一再道歉，也無法抑制吵雜的人群。

大雨依舊下個不停。老人家被疏導先回船艙。這場混亂讓人見識到，哪怕是歡樂的場合，也會釀成危機。

第65天｜海上三國

｜哈瓦那離港

｜上午多雲下午放晴｜2018/11/4（日）

親愛的大家：

昨晚一場大雨，把露天騷莎音樂狂歡會砸慘了。今早收到船方的一張通知，人們的抱怨都停了，原來活動全額退費，想來昨夜工作人員必然徹夜未眠地處理。有效率，又有誠意。

離開哈瓦那，航向牙買加，海上生活竟然過完六十五天了。船上打發時間的連續劇從《甄嬛傳》進入《三國》。由於熟悉度增加，上岸觀光退團的人變多，許多人開始嘗試自由行，也開始更多的學習和考驗。

第66天｜可以染頭髮了！

｜北大西洋墨西哥灣

｜風和日麗｜2018/11/5（一）

親愛的大家：

今天休兵一日，沒有課程。氣溫一下就回升了，身體努力適應。

休息日，大家閒聊，發現古巴專為外國人發行庫科幣（CUC），當地人則使用古巴披索（CUP），披索又和美元等價，按照國際金價，一美元相當於二十六庫科幣，也就是外國人一元是當地人的二十六倍！這讓大家有種被當凱子的感覺，而百姓拿到的外幣，百分之七十要繳回國庫，這是他們的政策吧！

閒來無事，看人打桌球。我以前打過一陣子，但常常受傷，因為自己常奮不顧身。原本只是想站在一旁看看，忍不住還是上場打了一局，不小心就跌了一跤。我就是無法喜歡有勝負的遊戲。

回房裡意外找到頭髮保養劑，黑娜！航行兩個月，冒出了許多白髮，偏偏找不到黑娜。開心俐落地保養了頭髮，環遊世界的航行真的很像在過生活啊。

第67天｜竹筏游過瑪莎布雷河

｜牙買加

｜晴天｜2018/11/6（二）

親愛的大家：

牙買加的面積是台灣的三分之一，300萬人口，也是個海島。獨立後還是尊英女皇為王，但已有完整的政府主權。加勒比海美麗的海色，長長的海岸線，和我們的家鄉一樣美，但少了高山。

牙買加有上千條河流，最大的是黑河，河裡還有鱷魚。到牙買加，有人會選擇去玫瑰莊園品酒，也有人去拜訪拉斯塔村莊，甚至擅長運動的人會去攀登鄧斯河瀑布，那是八條水流的入海處，形成兩百公尺階梯狀的漸層瀑布。

我們則選擇了坐竹筏，慢慢地、安靜地認識美麗的瑪莎布雷河。小河幽靜得讓人歡喜，河岸傳來斷斷續續的蟋蟀聲、水流聲，樹影底下有微風穿梭，腳底輕觸著透心涼的河水，彷佛穿越時光，回到童年，在故鄉的小河涉水，一模一樣的情景。

當我正沉浸在甜美的回憶時，突然，我們撐船的竹竿斷了一截，其他船一一超越我們。不過也因為竹竿斷了，船夫讓我們試試滑動竹筏，作為小小的補償。真是一趟讓人心滿意足的小旅行啊。

回到船上後，把自己整理清爽，到甲板上找個好地方繼續鉤毛線。剛剛好的光線和海風，安穩舒適。鉤啊鉤，發現漏了一針，趕緊拆掉檢查，發現不止一針，而是像災情慘重的蛀牙一樣，連成一片了。我埋頭苦幹，拆掉重來。突然，有人輕輕點了我一下，原來是個日本女士，她指指我的身後，我回頭一望，驚呆了。

黑色的山頭，天空卻是整片的正紅色，像布幕一樣平整，這是我不曾見過的景象，屏住呼吸凝視著。不一會兒，天空開始變化，平整的雲彩變成火燒雲。如此絕豔奇特的落日，深深印在我腦海，久久不能散去。

甲板上只有我跟這位女士，想來她一定是不忍心我錯失。儘管我們不認識，卻共同觀賞了奇景，一同擁有這麼特別的心動時刻。接下來雲彩不斷變化，人也多了起來。天黑時，她拿起桌上的空酒罐，起身微笑，頷首離去。我對她微笑點頭時，也在心裡說了聲「謝謝」，相信她收得到。

第68天｜大自然包容了一切

｜加勒比海

｜雨後彩虹｜2018/11/7（三）

親愛的大家：

我想大家不會再收到我的訊息了，我的手機被我自己搞亂密碼搞到打不開，網路也不通，我只好更徹底地過海上生活了。但我會假裝大家都還看得到我的line，繼續和大家打招呼。

嗯，原來，傳送訊息其實是自己需要……

天空真是塊大畫布，每幅巨作都讓人大開眼界。

清晨在甲板跑步後做地板功，突然說風就是雨，還來不及站起來，豆大的雨就打下來，墊布、蓋腳巾、披肩等配備，全是布料，連鞋子都經不起濕。狼狽奔跑還是躲不過，只好先貼著牆躲雨，不料眼前突然出現一道完整的彩虹。儘管還在落雨，天空仍然展現了無比的美麗。大自然包容了一切。

第69天｜被黑道耽誤的科隆區

｜巴拿馬

｜多雲｜2018/11/8（四）

親愛的大家：

巴拿馬是最後幾個和台灣斷交的國家，從科隆的破舊到克里新舊城市區，天壤之別到不可思議，原來是地方黑道勢力阻礙了建設，看到巴拿馬新城貴氣逼人，心中暗暗感慨。

船上開始預告接下來的航程。整體而言，這絕對不是豪華的旅行，我們所到之處，不是風就是雨，船長也表示這次航行的風浪真的比較大。因為船身真的老舊了，看著老船在汪洋大海中奮力向前，真讓人捏一把冷汗。

不但大自然出功課，昨晚室友又遇到爭吵事件，現場Live演出，架吵完，看得見的、看不見的，都在進行。人們互為老師、同學，活生生的劇碼此起彼落，讓人目不暇給，沒有人是觀眾，每一個人都不斷地在創造自己的生命歷程。說實在的，這對我真的是一趟很好的長期旅行，一個環遊世界的航海大教室。

上岸旅遊，巴拿馬再度讓我經歷了先入為主的過程和影響。剛上碼頭的科隆區，就遇到車禍塞車，第一印象不太妙。加上坑坑疤疤的路面，奇怪又無章法又橫衝直撞的紅魔鬼公車（Diablo Rojo），儘管地陪一再要我們想像這裡曾經是個美麗的城市，但實在很難。

內心不斷感嘆這個國家的沒落。我們花了一個半小時的車程去看古城，車內地陪講解了芒草如何進入巴拿馬的故事，原來當初為了讓貧脊的土地快速長出東西，從國外引進芒草。沒想到後來成了禍害……他還用地圖說明整座城市的發展是如何移動。人們為了工作機會，整個國家嚴重傾斜，將近一半的人口集中在城市。我望著窗外，自以為是地認為巴拿馬跟牙買加一樣落後窮困。

沒想到看見新城，我就發現我錯了。新舊城交接的所在，不同時代的建築比鄰而居，現代與過去交織得如此美麗。海天之間，大樓林立，完全不輸給邁阿密，甚至直逼杜拜。新城區的物價也不低，完全是個後起之秀。

後來我才知道，原來科隆區有黑道介入，所有建設停擺。我也明白了內心的感嘆原來是投射，但願自己的國家不要落入此情此景。

第70天｜船過運河

｜巴拿馬運河

｜雨後彩虹｜2018/11/9（五）

親愛的大家：

巴拿馬運河是人工七大奇景之一。船橋不斷廣播，讓大家更加興致高昂，大清早就帶著相機站在甲板上，想捕捉珍貴的一刻。

運河閘門有3層，分3次調整水位。再大的船都可以從加勒比海升高到26公尺高的運河，再分3次降水位，進入太平洋。

清晨五點鐘，船橋就開始預告我們即將抵達世界人工七大奇景之一的巴拿馬運河。雖然運河不如追逐極光讓人興奮，卻也叫醒大家，人們開始往甲板移動。

我看到曙光乍現，心想打坐前先去船頭看一眼運河吧。沒想到昨晚下了一整夜的雨，艙外積水，把我的鞋子都濕透了。進閘門時間尚早，還打亂了我的打坐節奏，我馬上回到祈禱室打坐，等到好不容易可以安頓下來，打坐的時間已經過了一半。此時廣播再度響起，不斷誘惑我離開室內。外在的誘惑、干擾這麼多，我只能用更強大的自制力，穩住，坐完一炷香。人到底要如何抗拒環境、事件的發生？如何安置起伏的心？只能每一個片刻保持覺知，看見即使把自己的身體關在房間裡，心還是往外飄浮啊。

打坐結束，去船頭看了一下。當船進入第一層閘門後，就關掉了引擎，整艘船安靜了下來，水位漸漸上升，路燈慢慢變短。人潮湧入觀景台。船要分三次運送，進入第一道閘門後，水會漸漸升高，直到與第二道閘門等高；閘門開了，緩緩滑入第二道閘門內，水位再次升高，直到與第三道閘門等高，才會打開第三道閘門，讓船滑入最後一道關卡。最後則是與太平洋等高，才能夠順利航行至太平洋。

利用閘門控制水位高度，聽起來簡單，工程的浩大卻難以想像。更別提法國富豪為了投資蓋運河，幾乎血本無歸，差點釀成經濟恐慌。美國接手後，則要求了許多特權，包括經營權、土地等等。

閘門過完後，雨也停了，天空放晴，海上再度出現彩虹，彷彿在補償我們失落的極光之旅。這已經不是第一次收到上天的禮物了。看完了閘門接著看彩虹，許多人捕捉奇景，連早餐都忘記吃。

船入太平洋後，整日無事，繼續上日文課。原先打算中止的阿奇拉日文課，現在改由姊姊主導，很隨興，我想著自己的格言，不要抗拒或分析，最適合你的自然會發生。果然如此，午餐時間隨興閒聊，隨便就找到一個生字，大家練習造句，放鬆開心地進行著。

先前曾經掛記著阿奇拉的姊姊老是酷酷的，我自告奮勇幫她上課，今天看她打桌球，全神貫注的快樂。媽媽也拿照片給我看，找到答案了。原來她不是青春期叛逆，而是從小就是個不常笑的女孩啊。我這才放下牽掛。

第71天｜生死無常

｜太平洋

｜多雲轉晴｜2018/11/10（六）

親愛的大家：

在船上接到好友明遜的死訊。人生無常。

你相信什麼，就會變成什麼。因為相信，所以可以承擔重擔；因為相信，所以可以忍受悲傷。我相信無常，對於一直持續的不變，不存太多奢求。生老病死，也是無常，看著生命的來臨和消逝，也是歡喜也是憂傷，不過多期待也不太過悲傷。

親愛的明遜，祝你一路好走，謝謝我們小小的相遇。

在船上只要有空閒時間，我就編織。從編織裡，發現自己的習性，老是大而化之，忽視細節，以至於留下很多後遺症。發現之後，一點一滴地改正。以前就算發現錯了，也硬是在原地打轉，想在錯漏的地方補救。那是我的牛脾氣，現在知道行不通，必須練習錯了就拆掉重來。

我一針一針地編織著，試著在每一針送上祝福，無論以後是誰穿戴，裡面都有我深深的祝福。

下午遇到張同學，她態度反常，忽略旁人熱情地招呼，直直向我走來。我正覺得奇怪呢，她卻脫口說：「明遜走了。」她說著說著，忍不住落淚。我們找個安靜角落，說起老同學們的故事，有幾個同學已經先離開了。

我腦海中浮現明遜的模樣，年輕時溫柔婉約，人如其名地清明謙遜，偏偏壯年時就得了帕金森氏症，與病魔纏鬥，還接掌龐大的家族企業。明遜對人生的重擔，向來是默默承受。無論是婚姻裡的折磨，或者是家族事業的壓力，她不發脾氣，不抱怨，不炫耀，她相信神，神給她的一切，她都接受，如果其中有恩典，她則心懷感激。她將會與神同在。

而以我的信仰來說，明遜把人生的功課做完了，告別輪迴，不再受苦。我沒有太多悲傷，只有深深感謝，感謝我們曾經同行，感受她曾經對我的肯定，她收藏了我第一次畫展的作品，那些輕輕的讚美話語，我都無比珍惜。

每個死亡，都會帶來不同的學習啊。

第72天｜赤道有風

｜赤道

｜陰天｜2018/11/11（日）

親愛的大家：

忙碌的海上生活，不知不覺已經過三分之二。昨晚星光燦爛，看到的星星很多，卻又知道這些星星可能已經不存在了。在沒有光害的狀況下仰望宇宙，彷彿進入亙古的寂靜，漫步海風中，又回到現實所在的世界。

想像中，赤道應如火爐般煎熬。真實到了赤道，卻如此涼爽。很多事情都不是我想像的那樣啊。

船航行在赤道緯度上，本該炎熱的氣候，卻出奇涼爽。

我們常以為知道些事情，它們有科學根據、有數據、有邏輯，說得通，我們就深信不疑。然而，事情常常不是我們想像的樣子。

下午，遠處出現戲水的鯨魚，姊姊、姊夫拿出望遠鏡，開心地要我趕快看。遠遠的海上，黑色鯨魚在白浪裡起伏，有時跳高，可以看到牠們白色的腹部。牠們在海上戲耍許久，飛快競游著，我們看著看著，也跟著開心了起來。

下一個大景點是馬丘比丘，船上的每個人都開始暖身，討論、看影片、互通消息，甚至準備預防高山症的藥物。水流、時間、生活，從不停歇。

我的手機密碼卻偏偏在幾天前出了問題，一個又一個小程式被陸續鎖住，現在幾乎只剩下照相跟錄音的功能。當最後一張地毯被抽走，我只能過著最陽春的生活。想起丈夫戲稱「坐船旅行就像被關進監牢」，他一點都不喜歡。我現在可終於嚐到這滋味了，當網路斷線，就是被放進一個閉鎖的空間，儘管有維持生活所需的必需品，但是以船為界的有限空間，自由度真的被縮小許多。

不過這些縮限對我而言已經足夠。不愁吃穿，有電影可看，還能散步、看海，閒暇時編織，夠了。許多人懷疑我為什麼要花這麼多錢來過如此普通的日子，我起初也有問號，但是隨著航行過了三分之二，答案漸漸浮現，原來我的日子原本就可以很簡單地過！當有了答案，問題就消失了。

第73天｜徹底斷線的網路

｜南太平洋

｜陰天｜2018/11/12（一）

親愛的大家：

一天當中只要有一些些快樂，就會有好心情。昨天看到兩隻鯨魚開心戲水，也給了我好心情。今天有人說其實那是一條小船，沒看到的人情願採信這個說法，但是如果因為這樣的說法而懷疑自己所見，這就太可惜了。自己的世界自己建構，相信什麼就是什麼。

一變天，咳嗽聲又多起來。室友稱之為「餘孽」，總是伺機而動。互相提醒要小心保護好自己。最後一次調整床位，進入後三分之一的行程。

在房間裡我們會一起看連續劇《三國》，討論劇情，有一位室友總是會避開，覺得浪費時間。都好！四個萍水相逢的陌生人，同住一狹小空間，會有太多不同的習性和想法，衍生出許多情緒，需要彼此吞忍、各自消化，不停地調整距離，才能保持平衡。六十歲上下的女人有足夠的韌性和寬度去面對，只要願意接受事實，就可以相處下去。

再次陷入輸入照片的苦海，怎麼操作都沒有動靜，一次次重來都沒用。可能需要弄清邏輯，好好地學會正確的方法，唉，也許是自己一直以來的速成性格釀禍，無論如何都需要去正視、承認這是個不完整的方法，行不通就是行不通，不是隨便應付就可以過去。

手機的狀況也一樣，當有別人可以幫忙的時候，我就不會花時間弄清楚，一切方便就好。現在好了，所有讓我「方便就好」的人都不在，路就斷了。這是資訊革命帶來的考驗，跟不上就被淘汰，只有硬體跟上也沒用。以往我總想自己學不動了，也沒有那麼需要科技化，這回就清清楚楚地顯現問題。

算了，乾脆手機、電腦都不用了。我自己無所謂，但聯絡的線路斷得那麼徹底，別人會怎麼想，我又能夠如何？

第74天｜與共產黨同處一室

｜秘魯

｜陰天稍冷｜2018/11/13（二）

親愛的大家：

秘魯到了，這裡是我決定這趟海航的主要原因，馬丘比丘、納斯卡線、烏尤尼鹽沼、神聖谷地、利馬、庫斯科……秘魯這陌生而神祕的國度，停留4天還是無法滿足憧憬的。

其實，人心永遠難以滿足，不如隨緣。

早上提早起身，去祈禱室打坐時，感覺氣溫降低，船身搖晃變強，想必風浪增強了。

第一次知道馬丘比丘是看了一篇朝聖之路的報導，有的朝聖者步行了七天，也有人走得更久，甚至還有人就此留在聖地修行。那篇文章讓我對馬丘比丘神往，想來一探究竟。

中午才到港，一行七人搭接駁車離開特大號的港口。港區不讓人行，只能用接駁車送出港口。也好，讓迫切想進入秘魯的心，有個空間舒緩一下。

進市區後找到一位勤奮的當地導遊。他帶著我們逛了文創街，滿滿的文藝氣息，又找了一家特別的冰淇淋店。可是姊夫突然腹痛，也不知道是出門時著涼還是怎麼了，導遊緊張得直安慰，幸好不一會兒姊夫就好轉了。沒想到又有新難題，找不到自動提款機，身上現金不夠，導遊又跑得滿頭大汗張羅，真的很讓人感動。

短短的半天時光，我們不只吃了道地的秘魯餐，還到海邊看了特有的岩岸，陽光在岸邊閃耀，真的很快樂啊！去看了山頂的耶穌像，和里約的十字耶穌很相似，還有無名英雄碑前的開闊腹地，整個山頭只有我們幾個人，大家都玩瘋了，學年輕人跳高高照相。

秘魯第一天的壓軸，是在十字架海邊觀賞落日。這是個新景點，明亮的十字架佇立在海邊，當地年輕人都來這裡約會玩耍，小男孩歌聲高亢，讓海邊更浪漫了。夕陽慵懶地往下落，我們這才想起該回家啦！

姊姊熱心幫大家張羅小旅行，接洽交通、安排食膳，對此我真的衷心地感謝，這裡面不只有姊姊的能力，還有很多善意。加上博士姊夫的搭檔配合，我只能跟著顧前顧後，算是最大的支持。

回船上還不能休息，我的第五頂毛帽即將完成。為了最後的收針，再度拜訪了上海的周氏夫婦，我們一邊打毛線，一邊看《三國》，嘴上還不停聊天。

周太太是三十多年的共產黨黨員，周先生婚後才加入。他們都以身為黨員為榮，小學生戴黃領巾、中學生戴紅領巾，高中生戴徽章。高中畢業後才成為黨員的，都是極優秀的頂尖人才，如果到大學才想要入黨，則需要更多條件。全中國約有九千萬左右的黨員，做不好還要被退黨。

周太太一邊收針，一邊說起當年共產黨如何為民先鋒，自動服務，連便當都讓給老百姓，黨員的熱忱跟素質都相當高。

我則講起小時候聽到「共產黨員」都要退避三舍。四十幾年前第一次出國，跟樂團參加愛丁堡音樂節。原本在戶外輕鬆拉琴，突然有人指著右前方，小聲地說：「中國來的，是不是共產黨啊？」大家紛紛抬頭，看見兩行隊伍，清一色小女孩，綁著兩條長辮子，短上衣黑短裙，配上白短襪跟娃娃鞋，步伐整齊向前。那是我第一次見到中國人，幾乎不敢呼吸，腦子一片空白，只記得身體緊張僵硬。現在想起來，小時候對中國人的理解，就等於是共產黨，等於反攻大陸，等於戰爭。

周氏夫婦聽了哈哈大笑：「原來你看到共產黨會害怕？那你現在跟兩個共產黨員共處一室，怕不怕？」

物換星移，局勢早就改變，我也改變了。當我們看到眼前的人時，不是以膚色、國籍、身分、穿著、口音來判斷，而是用溝通、交換經驗來瞭解彼此。除掉了外在的部分，我更看重的，是內在的習性和修為。

第75天｜坐火車上馬丘比丘

｜秘魯

｜陰雨天｜2018/11/14（三）

親愛的大家：

今天真是充滿考驗。先是高山症的挑戰，又遇到飛機取消班次，天氣變冷又下雨，折騰一天，明天才是重點馬丘比丘。還未上山，大家已經累到說不出話。

秘魯也在選舉。從電線桿上的海報，看得出已經有些時間，要是在台灣，第二天就收拾乾淨了。這也是過程，這塊土地還沒有太多雕琢。

今天一直不順利，加上高山症很快就上身。天上厚雲層，讓人也跟著陰霾起來，但翻山越嶺來到秘魯，無論如何都得走下去。

今天是新的旅行隊伍，三對夫妻加上我，脫隊自由行。原本只有我們一家三口，臨時加入了汪氏、王氏兩對夫婦，姊姊為此額外奔波許久。原本還有更多人要跟，真是嚇人。

到機場後發現有四個人班機被取消，姊姊、姊夫又開始忙。姊夫說，無論如何不會把落單的四個人留下，方法是想出來的，於是就開始打電話給航空公司。二姊則是帶著人直接到櫃台交涉。那麼我就安排自己負責看管行李？等待期間，我看見心中浮起的怨氣、擔憂、懊惱，我做不了什麼，也不特別多想什麼，只是看著心中浮現的情緒變化。情緒很快地消失了，我安下心靜觀其變，不讓自己生出更多負面想法，這也是修行啊！

哪知道，一上了飛機後，眼看著好多空座位，但是旅行社卻跟我們說買不到機票！到底是怎麼回事？姊姊氣不過，拍照作證，之後要去跟旅行社對質，姊姊的情緒也終於有了出口，大夥人終於可以平靜飛往馬丘比丘了。其實後面的路還很長，先到庫斯科城過一夜，再搭小火車到熱水鎮，最後換專門上山的國營巴士，誰知道還有多少關卡要過？

才到火車站，高山症已經浮現，汪太太幾乎不能走路。我們隨便找了漢堡店果腹，還好能刷卡，解決沒換錢的煩惱。我的身體開始發麻，幸虧有吃藥，才不會像上次去西藏一樣，頭痛欲裂，又吐又拉地躺了三天，走趟布達拉宮像登天一樣困難。這回我們要去的是天空之城，難道又要經歷一樣的考驗？

坐上小火車，一路搖到馬丘比丘。小火車跟阿里山的很像，但是車頂有天窗可以看風景。我對面的英國人大約是頭昏了，一把抓了我的眼鏡，另一手是自己的，兩手都拿著眼鏡，過了好一會才發現，原來兩個眼鏡長得一模一樣，他的表情讓大家都笑了。

好不容易到了熱水鎮，海拔較低，高山症也緩和了一些，獨獨走向旅館的斜坡就有點喘哪。喝了當地的庫柯茶，這和去西藏喝紅景天意思一樣，可以舒緩一下頭痛等不適症狀，也有放鬆好睡的效果，一切都是為了明天，早早上床睡覺吧。

第76天｜印加古城的大彩虹

｜秘魯馬丘比丘

｜大雨後彩虹｜2018/11/15（四）

親愛的大家：

雨下到早晨，只好買雨衣。上山的工具只有公營的大巴，其他車輛禁止入山。這個古蹟真養活不少秘魯人。像北宜公路的九彎十八拐之字形公路，帶人群冒著大雨進入印加古文化遺址。下午雨停，出現大彩虹！

馬丘比丘是個隱藏在山頂的神祕國度，光是所在位置的高度和建築的技術，就都遠超過當時人類的文明，加上常常消失在雲層裡，衍生出許多神祕的色彩。很多人都說這是個值得去的地方，其實之前也曾經有幾次機會來，一次是好朋友組團旅行，一次是工作繁忙的年輕人約著來秘魯玩，第三次則是這次航海。姊姊邀約時，發現馬丘比丘也在旅程中，心中大喜。今天，我終於來了。

昨夜高山症幫助大家一場好眠，睡飽了，愈發覺得飯店早餐豐盛，有很多水果、麵包，但對東方人來說卻不太適應。吃早餐時看著窗外行人撐傘而過，不妙啊！是個雨天！千山萬水來到這裡，雨卻愈下愈大，老天爺在開我玩笑嗎？

大雨滂沱，傘不夠用，只好買了雨衣，穿著上路。這是旅程中的大景點，再大的雨也要走！上馬丘比丘的唯一交通工具是公營公車，其他車輛不准進入。長長的人龍等著上車，雨直直落。山峰拔地而起，車子走之字型向上，每個轉彎幾乎都是一百八十度，轉彎處特地鋪了石頭，增加抓地力。沿途看到徒步散客揹著行李往上爬，車上的我們還有什麼好抱怨？

導遊沒有撐傘，也沒有穿雨衣，就揹著背包，手拿著一個ipad。黑皮膚捲髮的導遊，名字非常難唸，我學了好幾次，仍然發不出正確的讀音。下車後，我們在雨中走了一小段路，山在虛無縹緲間，再往前，終於打開視野，圖片中的馬丘比丘活生生在眼前展開。

馬丘比丘讓人讚嘆的石牆，從歪歪扭扭到可以用尺來度量的直線，讓人看見印加文明的歷程。而印加文明從天、王者、科學三種力量，轉成以科學為首，明白顯示王之所以被視為神聖，是因為科學提供了訊息，才能預測季節、方位、建築、遷移等等能力，透過科學使用自然資源。這些概念透過導遊的說明，雖然時間和語言表達仍有限制，但還是多看懂了一些遺跡所傳達的訊息。只是，一種文化豈是三言兩語可以說清楚的？還不如多浸淫其中，感受當下所帶來的經驗。

導遊介紹了幾個景點，又從包包拿出從當地鮮花提煉的古怪香精水，說是可以快速緩解高山症，讓大家捧在手上吸兩口。那是一股穿心的氣味，好幾人都咳嗽了，其實味道並不難聞，只是很嗆。我心中冒出成見，他是想兜售這些香精水吧？這些人隨時都想做點交易。

自始至終，我都是錯的，他不但主動找好的景點幫我們照相，用他自學的英文，清楚告訴我們許多印加文化的內涵，這些保留完整的遺跡，一間代表一個家庭，通常在結婚之前，族人會聚集起來免費幫忙建築一個房子；當時的人們通常上午五點就出門工作，下午六點回家睡覺，屋子裡沒什麼家具，也沒有窗子，窗子通常是放食物用的。導覽過程不卑不亢，還導引大家拍了效果很好的照片。導遊離開前告訴我們，吃完飯記得再去一個景點，只要走十五分鐘，就能看到不一樣的景色，還安慰我們雨季天氣就是如此，時晴時雨，照片中的藍天都是特別挑選過的好天氣。說完這一長串話之後，他就安靜地離開，讓我上了新的一課，也看見自己心中的成見。

這裡可以進出兩次，出來吃完中餐再進去。山腰只有兩個餐廳，一個是五星級餐廳，一個是美式輕食，餐廳大都被團體訂滿，散客多半吃漢堡加飲料。無論如何，觀看神蹟般的天空之城，一輩子沒幾次機會啊。

下午本想休息了，真的很累，可是仍告訴自己慢慢走，沒關係，累了就回頭，於是再度起身探訪馬丘比丘。走著走著，眼前豁然開朗，雨後的山嵐從腳邊散去，洗過的山景更加翠綠，駱馬陸續出現各處，這是古城的生命氣息，現在牠們才是居民。雖然無人居住，但因為有精密的給水系統，加上許多人維護，所以綠草如茵，乾淨鮮明。

路上看到一位行動不便的長者，由看護陪同，步步艱難地往上走，堅毅的臉上透著滿足與平和。

臨別前，馬丘比丘送了我們一個大禮物，早晨的雨水留下水氣，醞釀出美麗的七彩虹橋，穩穩地架在兩座山之間。再高級的相機，都拍不出我此刻的心情。

第77天｜修道院地下室的白骨

｜秘魯利馬

｜晴天｜2018/11/16（五）

親愛的大家：

昨晚搭火車回到庫斯科，誤點了40分鐘，還被司機送錯飯店。今天到利馬參觀，除了吃一頓中國菜，還看了一些景點。聖方濟修道院的地下室充滿了人的骨骸，觀白骨的好地方，後來去的博物館倒是充滿了性交的小雕像，印加文明有種神祕的氛圍，既科學又超自然。

今天要趕路，沒有時間遊覽庫斯科，這個充滿印加色彩的多朝首都。對我而言，身處當地就算是遊覽。看過各式各樣的城市，要記住所有的知識、歷史，實在不可能，我們能夠記得的，也只有跟當地接觸的印象，當地人們的語言、聲音、表情和穿著。

回到利馬，有半天時間逛走，還有導遊回答問題並加以解說，讓我們把印加文明看得更鮮明。

聖方濟修道院的地下室，滿滿的枯骨，瀰漫著死亡的氣息。不同部位的骨頭被整齊排列，就像展覽物品，同行的人都專心聽導遊說明，我卻細細觀察這些骨頭。經過那麼多年歲，每個人最終都是白骨一堆。佛教的白骨觀，就是讓人們到墳場去看屍體的腐爛過程，明白身體不是永恆，再怎麼保健，終究只是枯骨。

進入地下室前，擔心會不會陰氣太重？從高山症恢復過來的身體，再度頭部發麻。眼神不想直視，一直閃躲。然而，一旦開始觀察排列分類好的頭骨、手骨、腳骨，以及單獨陳列的頭骨、大骨。一個坑一個坑都是骨頭，年代太久了，已經沒有腐蝕的氣味，也無法和自己的死亡連結。恍惚中聽到有人問：「現在的秘魯人有沒有自己的墳墓？有人祭拜嗎？」提問的內容與聲音很理性，但他內在真正關心的是什麼呢？

利馬的最後一站是博物館，館內都是民間捐贈給政府的物件，有很多性交的雕塑，胖胖的身體擺弄著性交姿勢，倒並不覺得猥褻。導遊沒有多做說明，性那麼原始，生、死、性，都無須多言。

博物館的庭院是咖啡廳，有許多花朵。陽光灑落，看大夥兒擺姿勢照相，忘了年紀、性別，玩得好開心。

時間是界限，期限裡能夠拿到多少東西，是個人的選擇和能力。告別的時間來臨了，寒風又起，再度回到港口的接駁車站。秘魯由陌生憧憬，到每個人都可以說上幾十個小故事，這就是旅行的意義。

第78天｜旅行的休日

｜南太平洋

｜風平浪靜｜2018/11/17（六）

親愛的大家：

秘魯之旅真是累壞了，今天是睡覺日，船上沒有活動，只有放電影，讓大家好好休息。今天的電影是《我想念我自己》，主題是老年失智。說實在的，我不是很想念以前的自己，現在的自己雖然常常忘東忘西，卻比以前快樂，但願不要連累別人才好。

回到船上，每個人帶著自己的經歷和故事，回到船上交換。大家都需要好好放鬆休息，這船艙已經是一個家了。

放空的一天，倒也風平浪靜，沒有絢麗的夕陽，有的是海風和天空。

第79天｜我去了，你沒有

｜南太平洋往赤道接近

｜多雲｜2018/11/18（日）

親愛的大家：

明天要去找老師完成我編織的兔子。癩痢頭的兒子還是自己的好，明明是醜的，還是很高興。這次自己邊看圖邊做筆記，在馬丘比丘的火車上織了又拆、拆了又織，錯久了就會了，這是我的子女從我這裡得到的最大本領，不怕錯，錯了再來就好了！

休息了一天，要提筆竟然千頭萬緒，不知如何開始。花一整天整理馬丘比丘的照片，看著看著，想起更多細節。不斷想著拍照是為了什麼呢？終究是為了自己吧，紀念也好、提醒也好，都是想要留住些什麼。對參與其中的人來說，照片重現了當時的歡樂，然而對局外人來說，看照片也許是種負擔，如同行雲流水，聽了就忘了，不留半點痕跡。

說到底，照片顯示的重點還是：我去了，你沒有。

第80天｜夢中行過赤道

｜赤道

｜涼風吹拂｜2018/11/19（一）

親愛的大家：

昨天晚上船通過赤道，緯度是零度，從厄瓜多爾旁邊穿過。「厄瓜多爾」（ecuador）就是赤道的意思。

海上的風是溫暖的，不似想像中的炙熱，也許是因為今天是陰天吧！船上生活最享受的就是在甲板上吹海風，不用車船勞頓就看到海，雖然有時要忍受大浪顛簸，但，簡單就可以享受大海。

昨晚船在睡夢中行駛過赤道，又是一個海上航行的不尋常片刻。

我的毛線在五頂帽子完成之後，所剩不多，剩下的線用來織兔子，大約可以織三隻不同顏色的胖胖兔。

我把不同地方的時間織進毛線裡，每一針都帶著海風，帶著祝福。

從紐約開始編織第一頂，最小的毛帽送給孫子，在寒冷的氣溫下編織，把溫暖和祝福編織進去。

船行往南編織了第二頂，要給懷著雙胞胎的女兒，曾經和我一起去上學的小書蟲。編織時想著她從出生到長大的身影，一針一線都勾勒著她成長的故事。現在的她即將為人母親，愈來愈體貼，更加讓人疼愛。想到女兒肚子裡的龍鳳胎，心裡又高興又心疼，她還有三個月就要臨盆了，我得把更多愛和祝福織進帽子裡。

到摩洛哥時，編織了第三頂帽子，送給頭髮愈剪愈短的兒子。他願意戴這頂有點花俏的帽子嗎？至少要照張相紀念吧。

第四頂到了中美洲，是要給老公的，光頭的他一定會在冬天戴帽子，這親手編織的帽子，藏著希望，祝福他健康、長壽、好脾氣，一針一祝福。

最後一頂已經到了南美洲，是給準媳婦的帽子，要把手鍊做好再來完成這份禮物，預祝她順利進我們家門。

帽子暫且擱下，今天第一隻小胖兔完成了！在馬丘比丘的火車上，織了又拆，搏鬥許久的小小兔，還好有個老師幫忙渡過關卡。填進內容物，又把兩片兔子縫成一隻，還加上蝴蝶結，呵呵呵呵，我的綠丘兔誕生了。

學習是內化的過程，我喜歡學習。

黃昏時眼睛很累，拿起熱水壺去取水。剛下過雨的甲板，走路的人很少，我慢慢走在木製甲板上，地面接榫沒有釘子，而是用圓形木栓，顯現出不同的紋路。抬起頭看到一前一後行色匆匆的背影，我逆著風喊了姊姊，兩個人都沒聽到。運動是他們的重要活動，為了保持健康和吃好食物，每天都認真運動。我也沒有為了追趕他們而改變自己的速度，繼續慢走。擦身而過第三次，姊夫終於中氣十足地喊我，再過一圈，姊問我是不是腳痛？其實我只是慢慢走。

很多哲學家、小說家、政治家都愛散步，我總想不通為什麼。我是很不愛走路的人，真好奇大家走路散步時都做什麼呢？

第81天｜靠近恐龍

｜哥斯大黎加可可島（侏羅紀公園）

｜陰天｜2018/11/20（二）

親愛的大家：

今天的重頭戲是在海上看《侏儸紀公園》，這部經典的恐龍電影，是史蒂芬・史匹伯的驚人之作，恐龍復活，把大家都嚇壞了。電影中的恐龍復活島，就是哥斯大黎加的可可島，孤立在海中的長形島嶼，無人居住，所以有許多幻想空間。船方特地開放甲板，讓大家盡情欣賞這座島。

六點半船橋廣播，開放七樓甲板讓乘客觀看可可島。這個島嶼是個長方形的無人島，也是哥斯大黎加的國家公園，離哥國六百公里，未經任何開發，只能靠遊艇進出。

和平號特地繞島一周，讓大家親近一下「侏羅紀公園」。電影裡有許多場景在這個島上拍攝。年輕人喳喳呼呼，拿著恐龍玩具對著島嶼戲耍拍照，好不熱鬧。

我離開人群，找個安靜角落，好好欣賞這個無人島。烏雲壓頂，山壁高聳入天，船開得很近，近到可以看見綠色山壁上的瀑布如長髮隨風飄搖，小石頭堆旁也有白色波浪激起漣漪，一圈一圈。山壁濕氣深重，遠看無比平靜，偶爾有群鳥飛舞，有時衝向雲層，有時俯衝水面覓食，也有的鳥成雙飛舞，凌空掠過，看來這裡的原住民是鳥，不是恐龍。

我很慶幸身邊的人都跟我一樣安靜欣賞。甲板上最好的觀景角度擠滿了人，拿出各種相機拍個不停。拍照時，注意力全用在獵取鏡頭，就忽略了其他的景色，整體印象支離破碎。拍完照還會有更惱人的啊，當朋友跟你分享照片，他說得口沫橫飛，你卻沒有共鳴，只得禮貌回應，結果朋友愈說愈高興，連你打哈欠的暗示都沒有接收到，真是痛苦。

離開可可島後，無事可做，繼續去海上泡湯。這是很頂級的郵輪享受，小小湯池像艘船中船，我坐在池裡被小海洋搖晃著，但這艘小船不能久坐，一開始很好玩，坐久了就暈了。泡了湯，進烤箱烤一會，最後坐在甲板椅子上吹海風看月亮，多麼美好的旅行。

第82天｜每個人的內在都有一種緊張

｜北太平洋

｜多雲｜2018/11/21（三）

親愛的大家：

上午船橋再度報告，要訓練船員急難應變，真令人佩服日本人做事態度，即使到了後段旅程，仍然像一開始一樣的按部就班，保持初心，徹底執行任務。特別是每日維護船身所下的功夫，讓船顯得老當益壯。老，卻不破舊。

昨天忘了調時間，清晨四點多，船艙外面都沒有人，我的頭腦提早清醒了。先做暖身運動，接著打坐。清晨的祈禱室裡，我有足夠的時空，十分感恩。剛開始，我沒有堅持使用，是因為這裡有時有乒乓桌，有時會有人闖進來，我覺得不是屬於個人的空間。當下定決心持續使用之後，也就安定下來。

我總是提早來，把燈關掉，拉上窗簾，讓光線暗下來，放張榻榻米、坐墊、蓋腳布，加上披肩。物件安頓好，接著安頓心。

為了在船上打坐，每天給自己一個靜心的時刻，我真的花了很多心思，繞了好幾圈。先是在祈禱室打坐，卻老是擔心有人發現我獨自使用整個空間，覺得自己好像太浪費了；又擔心有人突然進來，引起騷動。接著換回四人房打坐，卻引來室友因為不瞭解而抗拒，只能不了了之，最後實在不能不打坐，又回到祈禱室。其實一切早就俱足，只等人準備好。

奧修曾說：「每個人的內在都有一種緊張。」初見這句話，很高興自己沒有緊張，現在回頭看才知道，緊張已經根生蒂固，從不曾消失，甚至深到完全無法覺知啊。

慢慢開始往裡看，認識更多身體的訊息，就多一些覺知。習性取代大多數的反應，刺激怎麼來，習性就怎麼去。蚊子在耳邊叫，手掌就拍過去，沒有什麼需要多想的，嗡嗡聲會帶來蚊子，被蚊子咬了之後痛癢不舒服，消滅蚊子才可以安心睡覺。這個多麼自然啊？更後來，知道蚊子咬你是為了生存，你殺牠是為了安逸。如果，你可以選擇，你會怎麼選？也可能你心裡清楚，但睡意正濃，根本來不及思考分辨，手已經打向蚊子，這種睡眠的下意識反應，有沒有可能改變？

是的，體內總有一種緊張，準備反擊，準備逃脫，這個緊張讓人可以立即做出反應，這個緊張是需要去改變的嗎？

打坐完回到甲板，多雲的天空，幾隻海鳥飛過，有一隻落單，看著牠更努力地拍打翅膀脫隊而飛，讓我想起小時候一本必讀的課外讀物：《天地一沙鷗》，一隻名叫海納孫的海鷗，不甘平凡，跳脫群飛的舒適圈，不停地自我超越，成為獨一無二的智慧鳥。當時自己很受鼓舞，現在看著這些飛翔的鳥，明白牠們並不都是海鷗，幾十種類型海鳥各有不同長相和習性，不可一概而論。因為室友是鳥類專家，也讓我習得一些新知識，雖然仍舊無法叫出每一隻鳥的名字，心裡卻對牠們多了幾分尊重。

第83天｜火山爆發後

｜瓜地馬拉

｜多雲時晴｜2018/11/22（四）

親愛的大家：

瓜地馬拉是台灣少數的邦交國，印加文化色彩濃厚，久聞其名，今天有機會踩在這塊土地上。印象最深刻的是剛爆發後的火山，災後重建的景致，讓人回憶起台灣的九二一地震。看到還在冒煙的活火山，聽到劫後餘生的故事，導遊的眼淚流露真情。

看著火山陣陣冒煙，新奇的心情也轉變了，親眼看到災區的受損狀況，才驚覺天災的力量，一夕之間，一切化為烏有，無常啊。面對毀滅，人除了恐懼，還要經歷生離死別，導遊訴說堂弟如何奮不顧身回去救出七個家人，雖然一切皆毀，只要人還活著，至少還可以一起努力。

導遊是個高大粗獷的原住民，自學英文，當過軍人，住過叢林，對土地充滿了瞭解與愛，有問必答，滿滿的熱忱。在印加博物館的說明更像打開時空膠囊，簡直像電影《博物館驚魂夜》一樣，印加文明突然活了起來。

路上許多色彩鮮豔的大巴士，這些紅色與藍色的車都是美國淘汰的校車，再加工畫上各種圖案。他告訴我們當地的人大多會搭藍色的車，因為是半公營的比較安全。紅色的車速通常很快，也很危險。藍色的車資比較貴，但至少不會被半路搶劫。「那紅色車誰搭？」有人問。導遊說，窮人付不起貴的，所以還是會有人搭。想想也挺心酸的。

第84天｜我是肥羊觀光客

｜瓜地馬拉安地瓜

｜晴天｜2018/11/23（五）

親愛的大家：

地震和這個國家息息相關。安地瓜毀於地震後，遷都到瓜地馬拉市，而火山爆發雖引起地震的災難，卻也回報給這片土地火山灰，讓土地特別肥沃。這是離開家鄉後，看到最多的蔬果的地方。它的咖啡豆、夏威夷豆都是極品。

在安地瓜，車窗外可以看到還在噴氣的火山口，一陣又一陣，一朵朵雲從火山口飄出來。沿途還有許多被岩漿毀壞的房屋，和道路蓋滿泥土的景象，很像台灣九二一災後情景。

進入古城之前，我們先去了一個由婦女重建的地區，俗稱寡婦村，取這名稱是因為丈夫在內戰期間當兵去了，整個地區只剩婦女和小孩，婦女們靠著販賣優質純棉的織品，一點一滴重建家鄉。

人們喜歡故事，進入手工藝中心前已經先感動。進到裡面，果然有許多胖瘦高矮的婦女，親切地幫遊客們穿戴顏色鮮豔的當地服裝，在我們頭上頂了水果籃或瓶子，接著當然就是血拼啦！我看到彩線，高興得不得了，買了八個顏色。然後看到旁邊編織彩布的胖胖婦女，合照之後，她要我買手工藝品，我想起剛才聽到的故事，一時心軟，買了幾個小東西，哪知道一轉身，賣彩線的婦女用更低的價錢要賣給我同樣的東西。知道受騙後，我回頭跟胖女人議論，她聽我嘰哩瓜拉說著聽不懂的話，又要推銷其他物品給我，我生氣換了別的東西，她不肯，後來還是我加了一點價錢才成交。我生自己的氣，但也看清小生意人原本就是這樣交易，是我自以為是好心人，受騙了才有被辜負的小傷心。這是肥羊觀光客的心路歷程。

到了安地瓜古城區，可以看出這曾經是個繁華的城市，建築方正色彩偏暖色系，特別是鵝黃色的牌樓城門很上相，大家都要留影一下。這裡是被列為人類文化遺產的古蹟，城市被地震摧毀，行政中心遷都到瓜地馬拉市，整個安地瓜古城就變成了觀光景點，有酒莊、餐廳、紀念品店。

因為有些暈車，我開口要了車上最前面的座位，讓兩天的旅程眼界大開。也因此看到自己不停地拍照，想要留住些美景，這不就和自己眼中所質疑的、那些想擁有什麼的人一樣嗎？明知道車行進中不會有好畫面，還是拍了刪、刪了拍，反觀自己這些動作是在做什麼呀？

旅行的各個經歷，都能看到更多自己不自覺的習性，平時以為理所當然，只有保持覺知，才會看穿再三反覆無聊的動作，和可笑的心路歷程。

第85天｜不為未來畫藍圖

｜太平洋

｜多雲｜2018/11/24（六）

親愛的大家：

今天聽到選舉的結果，又一次變天，台灣政治天空真的不穩定喔！接著又聽了許多其他乘客精彩的旅遊故事，還有許多人與人的故事，如果不是發生在老同學的身上，我可以一笑置之，但看著陷入苦惱的故人，如何袖手旁觀？各說各話的事件中，我只能給予深深的祝福。祝福老朋友不要選擇綑綁自己，學習放開煩惱。除了祝福，我什麼都不能做。

有時候，並不是你什麼都不做，就可以沒事。躺著也中槍，今天完全就是這種感受。

昨晚聽了一夜去玻利維亞烏尤尼鹽沼的旅遊故事和照片。的確是很稀有的美景，加上主辦者的用心，和鹽製酒店的罕見，讓人心嚮往之。我問自己想去嗎？以往毫不猶豫地下決定要探訪的習性，出現了一個空隙，沒有那麼理所當然就認為要去，不為未來畫藍圖許心願，也不希望總是莫名其妙出遊。

船上也謠傳著張同學被台灣同行者霸凌的耳語。我不想管，但救難小英雄的習性考驗著我，不想涉入，卻又感到不安。之前就警告過她，她偏偏不聽，如今出事了，我又無法心安理得地袖手旁觀。我為什麼如此不安？

和姊姊討論了一下，知道姊姊一定會介入，但我無法心平氣和地面對。我跟姊姊本來就不一樣，我還有許多要清理的情節，此刻需要給自己單純的環境，我可以關心她，卻不能再讓自己陷入複雜的環境。

帶著水果去探望同學。果不其然，她正處於受害者的亢奮情緒中，我無法完整地說完一句問候的話，因為不管說什麼，聽起來都像是勸說。我唯一要做的就是傾聽，那些失去邏輯的思考，不容許任何相異的立場。我看到自己內心有許多聲音，提醒自己送慈心給她，願她平安。聽著聽著，我試著鬆開緊皺的眉頭，當祝福送出去，內心就平靜了，我真的只希望她不要忘了自己堅持想快樂這件事。她很認真地搜集證據，要提出申訴，我無言以對。臨走時告訴她快快完成想做的，然後放下它，讓自己快樂起來。

離開同學的景況，回到自己身上。編織了四隻混血兔子，因為線不夠，所以混著用，還練習改變針數，有種實驗的快感。學習本身是開心的啊！

第86天｜海龜來了

｜太平洋

｜多雲｜2018/11/25（日）

親愛的大家：

昨天有10幾隻海龜游泳經過船邊，逗得大家很開心，沒看到的人說可以去動物園看，還更清楚呢。說這話的人是不是很白目？當然是看到海裡游的海龜才稀奇啊？哈哈哈。

早上打坐結束時，一群人推門進來打球，是台灣人。帶頭的人很不客氣，直說隔壁才是祈禱室，另一個同鄉比較客氣，問我是否被打擾了。不一樣的態度，帶來不同的感受，剛打坐完的我被撞擊了，如何詮釋和回應，關係到人的修為。

在船上一百零八天的生活，人口密度跟異質性都很高，給我很好的練習機會，隨時可以反觀自己的內在。相較於長期閉關的寧靜單純，在船上挑戰很多，反而更能修行。愈看見自己的不足，愈知道修行的道路有多遠。

今天學習編天使，發現很不容易，一個小小的頭就重來好幾次。現在很願意在一開始就打好基礎，不只是會，還要精準，才能讓後面更順利。以往因為人人求快，要搶得先機，要不落人後，要出人頭地，所有的事情就是快快快。現在的資訊更快，讓我養成拚命追趕的慣性，很難靜下來對某件事情深入鑽研，現在正是調整的好時機。

第87天｜選擇獨處

｜墨西哥曼薩尼約

｜炎熱｜2018/11/26（一）

親愛的大家：

墨西哥，這個讓川普想用圍牆隔開的國家，有很多漂亮的渡假勝地。在曼薩尼約市，我們拜訪了漂亮海灣，整個區域都是白色建築，各種造型很像童話世界。

這個城市因為一部電影而走紅，我們因為電影的名氣來訪。天氣很熱，聽說雨季剛過，整個城市洗得很乾淨。

墨西哥的熱情，多從音樂節奏中散發出來。

領隊適時地播放相關的在地歌曲，這些拉丁美洲音樂，很能振奮人心，就像船上的兩位秘魯音樂家，他們笛子吹奏的老鷹之歌，喧鬧中隱含著一股古老的哀傷，穿透人心，除非刻意聽而不聞，否則，聽，是不由自主的。

到了旅程的後段，市集的紀念品已經失去吸引力，倒是去超市補充水果和日用品更讓大家開心。我還在碼頭附近，找到了又便宜又好的棉線。我忘了帶錢，船上的工作人員毛毛幫我刷了卡，本來是我要陪他去買鞋，結果反而是我買了線，這也是我的日常遭遇，大概是平常太少逛街的緣故吧！

回船之前，中央廣場有場當地團體與和平號的人員聯合演出的節目，當地團體的演出水準平平，倒是和平號的人員總是很用心準備，室友慎重地參加演出，也得到很大的榮耀感，祝福她。

今天我難得下海。以往的海灘經驗都不太好，曬傷、海水苦鹹、沙子無所不在，好幾天都清不乾淨。但這是最後兩個景點，想著一直沒什麼機會到海裡，而且還有游泳池可以游游水、去去沙子，就很放鬆地讓自己和海水真正接觸。

旅遊景點很多都是擷取經典，選擇較好的地點，特別是和平號的上岸觀光特別講求品質，我們去的飯店，有最好的景點和沙灘，沙子又細又亮，陽光照射下，被浪花帶起來的細沙中金光閃閃，像是細小的金片。自己很驚嘆於這個發現，即使告訴朋友也沒人在意，每個人欣賞的點真不一樣啊！

海水中游泳，看到自己的緊張，因為水底沙地的起伏很大，時不時就會踩不到底，讓我不敢往前游太遠。我試著放鬆腰部，讓海水的浮力帶著自己，才比較放鬆些。陽光很強烈，不久我就轉到游泳池畔，清洗掉海水，進入偌大的游泳池。游泳池是熟悉的環境，水是清涼，不苦不鹹，也有些樹蔭，就安心地游起來了。概念上我愛海，但在水中的自己是緊張的，多年來慢慢在水裡學習如何相處，總算可以游動，卻還是不諳水性，只能在人工設施下才能享受水的擁抱。

年紀大了之後，我的胃口變小了，很多東西淺嚐即止，一下就飽足，很怕涉入太深，最後無法負荷。

姊夫問我，是不是什麼事情都沾一點就好了？寫文章也是這樣嗎？我無法回答。現階段的我正在清理內在，我努力讓積壓在深處被壓縮、被囤積的經驗，有空間可以浮現、鬆開，讓它們曬曬太陽、吹吹風，讓它們蒸發、讓它們隨風而去。保持一個人獨處，目前是我的選擇。

第88天｜練習在人群中活得自在

｜太平洋

｜多雲｜2018/11/27（二）

親愛的大家：

昨天意外的收穫是網路可以通，原本因為收訊不良，我的密碼被鎖住，經過幾番掙扎，放棄與外界聯絡的期待。昨天曼薩尼約的渡假村最大的貢獻就是網路夠強，打通經脈，連上網，所有的App都恢復運作，卻意外發現自己可以不是低頭族了。可以過沒有網路的生活，就擁有更多的視野。

今天要調時差，最後二十天的旅程，大景點只剩夏威夷，有長長的時間可以規畫生活，讓自己不要想逃走。

有點吃力地醒過來，打坐前的運動沒有完成，應該是休息不夠。

打坐時，恍惚中一下子進到馬雅古城，感覺自己走在人群裡，很像我們的原住民，又覺知不在當下，觀呼吸讓自己回到船上，感受到身體的震動、聽隱隱作響的機械聲，注意力回到當下。又過了一陣，發現自己在剎那間又進到印加時代，不同的步調和環境，這裡比較像印地安人的世界。念頭轉動，覺知又起，已經進入妄念中，回到呼吸就可以回到當下。人的感知隨著意念，會將無形的訊息化成具象的視覺，一旦進入意念，就走進故事了。這現象在打坐中通稱為妄念。

打坐完，開始海上的一天，今天要做明信片。這是新嗜好，很有趣，只是東西太多了，好難取捨啊！

船上還有燙衣服的貼心服務。衣服送洗很便宜，但因為烘乾，衣服會變得很皺，一定得燙。特別是日本人對衣著很講究，每次都大排長龍。姊姊也很在意衣著，特別準備好去排隊，沒想到我先去排的時候，發現整個燙衣間冒煙，電線燒焦味好嗆鼻。燙衣間關閉，大家失望而回。

回到房間，哇！滿室香噴噴，好香的泡麵啊！這美好的家鄉味足以讓佛跳牆啊。室友們下船都會補給礦泉水、水果，現在連家鄉味都搬上船了。還有另一位的絕活是現沖瓜地馬拉咖啡，香得不得了。

我長期吃素，船上白天不特別提供素食，我都挑著吃，只有晚餐會有很豐盛用心的素食。雖然我不習慣吃晚餐，但很少遇到有人天天為我設計美味的素食，想著應該要調整作息，補充營養跟美味。

姊姊、姊夫又交上一群朋友，起鬨要唱歌，還把我推到前面，說我是科班出身，這簡直是在陷害我嘛。我聽得頭皮發麻，強烈地想抗拒，被姊姊唸了一頓。姊姊照顧我太多，我沒有理由拒她於千里之外。

可能是因為我有很差的經驗啊，明知道設備很差、歌曲不多，效果一定不好，最終的結果肯定也不好。可是到了這個年紀，人情世故不能不明白，想起一直提醒自己的那段話：當你不分析、不抗拒，最適合你的事情就會發生。

接受邀請吧，何必為難自己跟別人呢？這是練習在人群中活得自在的機會。這是我的修行。

第89天｜海上理髮

｜太平洋

｜藍天白雲｜2018/11/28（三）

親愛的大家：

人的互動貴在真誠相待，禮尚往來很重要，這個部分在郵輪之旅有很精彩的學習。從一開始學習日式的問候、餐桌上的交談，加上課堂學習，從很客氣的禮貌，漸漸發展出小團體。到了後期，現在開始出現親密關係、競爭與衝突、互通有無、交換利益，像是縮時攝影，可以調整自己的機會很多。

昨晚要調慢一小時，五點醒來，想早起運動打坐，沒想到有人更早就開始走動了。

來自上海的周太太是很俐落的獅子座，他們夫妻很特別，和姊姊夫婦很合拍，成了好朋友。我則是他們愛屋及烏的幸運兒，前陣子她幫姊姊做臉，也嘉惠了我。做臉是整修門面，船上做臉的費用非常高，人手也不足，現在因為熟人可以享受這樣的服務，自己有點不好意思，但也不好拒絕。不知道這樣是不是欠了一份人情，要怎麼還才好？

離上次剪髮也快三個月了，剪髮是必要的，特別是女士們。美容室很難排，費用又高，每個人都有應對的方式。通常夫妻同行，就由老婆操刀，有經驗的還帶了推剪，友情贊助，幫忙理髮；更多人則是自己動手。這種時候特別慶幸自己頭髮少又長得慢，上次找到黑娜保養劑之後，自己修一修髮鬢，就可以撐到回家了。姊姊去了兩次美容室，之後也開始讓我幫她補染，姊夫則是趁上岸觀光時神速理髮，然後再由老婆幫他染髮。

這一百零八天的航行，真是生活的旅行啊！聽說已經有許多人報名了下幾期的船期，相信會有人展現更多絕技！

第90天｜人際大戰開打

｜太平洋

｜起風，浪大｜2018/11/29（四）

親愛的大家：

今天航海圖告示，將停在夏威夷大島，我們嚇一跳，因為早早訂了機票要從火奴魯魯搭飛機去另一個島。這下大家都慌了，問了原因，是怕港口擁擠無法停進去。這些未定因素是旅行中的大考驗，現在只能靜候通知了。

人際大戰開打了。張同學已經去申訴與室友間的衝突，到處反擊。我不願意捲入，只能祝福她從爭執中學到些什麼，這是她的課題。無論鬧得多大，兩個人都要負一半的責任，鬧愈大，錯愈多，到底在爭什麼呢？

船上瀰漫著一股氛圍，成群結黨來證明自己有價值，可以知道更多別人不知道的消息。我這個旁觀者看了都累，姊姊笑我到底為何而來，也不願意社交一下。我卻愈來愈清楚，我是來歷練心性的，船上是天堂與地獄的濃縮版，也是現實世界的縮時攝影。

昨天決定恢復吃晚餐後，作息有點被打亂。天下本無事，庸人自擾之。我既然不在乎吃，又怎麼會為了以後吃不到而改變主意？隨時保持覺知還真是困難啊！房卡睡前隨手收到夾層，早上太早起床一時看不到，不過也不再害怕搞丟。

年紀增長，常常花時間找東西，姊姊這趟不知丟了多少東西，不過也一樣樣找回來了。失去時學會坦然接受，可以減少因為掉東西而難過，這就是所謂的看開吧。

第91天｜郵輪上的婚禮

｜太平洋

｜晴天｜2018/11/30（五）

親愛的大家：

船長報告如期停靠火奴魯魯，大家鬆了一口氣。今天去海上卡拉OK嚐鮮，原來還是有些門道。

由於所剩時間不多，心裡想著遲早要來體驗海上卡拉OK。昨天嘗試了一下，每次一人只能上台唱一首歌，還得先點飲料才能唱。瀏覽了歌單，上面只有幾首中文老歌，麥克風也很難用，覺得這樣很不划算。打聽之後找到了應對方式，就是可以點一瓶酒，喝不完寄在櫃台，之後每次來唱，只要拿自己寄的酒出來喝，就可以不用再付費。等於可以幾個好朋友一起來喝酒聊天唱歌，感覺很棒，不過隱約有點省小錢花大錢的感覺。

今天船方安排大合照，為了應景，我有去看一下。沒什麼人，隨便用海報當背景照張相罷了，只為了證明自己來過。聽說之前有人為了照相位置差點打起來，難怪船上美麗的總監老是垮著一張臉。

船上的風風雨雨仍然繼續。走上甲板，熟悉的湛藍水色，起落的浪花，無邊際的海面充滿了各種藍彩，白色的浪頭隨意生滅。深呼吸，吸入滿滿海洋氣息，眼前一望無際，海風輕拂，這是記憶中的大海，讓我深深愛上的海洋，慶幸還有這麼乾淨的地方。

陶醉未醒，突然看到一堆黃褐色的漂流物浮現眼前，眉頭一皺，難道還是被汙染了？仔細一看，突然升起一股自責，原來是海藻。這一切原本就存在，哪有汙染？海上有藻類遺體天經地義。即使是人類的垃圾侵襲海水，不也像歲月侵蝕身體一樣，只是生命週期的運行。念頭的生滅，沒有改變當下一絲一毫。海不是不美了，也沒有變醜，藍水繼續和浪花起舞，只是心頭平靜了，沒有愛戀，沒有失望。海還是海。

吃過飯，參加甲板的海上婚禮，滿有趣的。這次出航，總共有三對新人選擇在船上結婚，我帶著深深的祝福去參加。走到甲板上，新人穿著禮服站在旋轉樓梯上，花朵、彩帶、氣球、貝殼，會場佈置得很繽紛，許多年輕人跟著音樂翩翩起舞，年紀大的就拍拍照，跟著打拍子。白色的婚紗迎風飄盪，新人的笑容洋溢著幸福。喜氣洋洋，讓人感染了浪漫和幸福，更別提還有藍天、白雲、海浪，風也吹得溫柔。新娘神真的很大，婚禮結束不到兩個小時，陽光退席，冷雨降臨，船搖擺起來。天有不測風雨。

第92天｜船上拍賣會

｜太平洋

｜氣溫23度C｜2018/12/1（六）

親愛的大家：

昨天有很浪漫的海上婚禮，天時、地利、人和。在這裡不用擔心禮金，不必挑選會場，不必邀請來賓，新娘一樣漂亮，白紗一樣迷人。工作人員、年輕乘客打點一切，繽紛的場地，熱鬧的歌舞，誠心的祝福，就是創造一片輕鬆、幸福的天地，也將會是終身難忘的盟約。陌生人如我都真心地給上祝福，展現笑容，感染海上的浪漫。

進入十二月，走完三個月了。今天的船上新聞小字密密麻麻，表示很多事情在進行。

我的手機網路一直考驗我、誘惑我，也激怒我。小妹當外婆了，為此我再度試著上網，還是不通，又浪費了四十幾分鐘。也許真是我的心理因素，影響了交通，明知故犯也是自己的選擇。

我要認清「活在當下」啊，我在意的仍舊是沒跟上家族的慶祝，硬想要跟就是貪，貪不到的懊惱，加上嗔不掉的憤怒，日子就糾結起來，這不是自苦是什麼？

宣戰的張同學偏偏在這時候要自主辦座談會，講台灣的火鍋文化。我礙於同窗情誼，只好陪著遞茶水，她都吵得這麼僵了，要是連我都不幫忙，別人豈不是要說：「連同學都不挺她，她到底是個什麼樣的人？」

可是我內心終究是不願意的，也為此上演很多小劇場。這同學怎麼回事？辦座談會的目的到底是什麼？我為什麼非要來？有人逼我嗎？我為什麼抗拒？我為什麼沒有勇氣只做我想做的事情？不情願反映在我的臉上，眉頭皺得很緊。這也是活著的苦吧，我總是會勉強自己參與不喜歡的活動，然後帶著臭臉出現。

如果不是在茫茫大海中，在封閉有限的時空下，要逃要迴避都簡單很多，去安排喜歡的事情也容易。然而，航海之旅的封閉性成了一個催化爐，逼自己看清楚內在怎麼了？靜下心來看就知道，我是在生自己的氣。

但船上生活也還是有好事的。下午有日本傳統舞蹈的教學，熟悉的節奏和音樂，簡單的舞步，之前拿的紀念扇子既可以當道具，又可以搧風。很難得姊姊、姊夫都在，大家圍成圓圈，邊跳邊前進，很開心。

第五隻兔子完工了，第六隻因為線實在太細，很傷眼力，只能暫停。船友織了一件毛衣，需要點裝飾，剛好我有很多顏色的線可以送給她。她看著我剩餘的線，建議我織個包包。挺好的，很實用，可以把線都用上，又不用一直算針數，想著想著，心情就好起來了。

走到甲板上遠眺，一望無際的海水，波浪停了，境由心轉，心情好時什麼都變得美好。其實，什麼也都沒改變。

晚上還有船上拍賣會，很有趣。拍賣的內容很有創意，一個啟航的螺聲、一曲指定播放的驪歌、一段獨舞、一段電視演出……什麼都有，收入將捐給北日本水災受災區。雖然活動和樂融融，但那都是由主持人的苦苦哀求、工作人員的犧牲奉獻，被擺在檯面上待價而沽。他們的苦心特別觸動我，我無法看著這些美麗的心意被廉價出賣，於是提早離開。只能說，現場歡樂的笑聲，應該多少可以對工作人員有些安慰吧。謝謝你們，親愛的工作人員。

第93天｜海上的夏日祭典

｜北太平洋

｜大晴天｜2018/12/2（日）

親愛的大家：

昨晚的拍賣會很有趣，笑聲不斷，和想像中的不一樣，要不是在船上舉辦，我平常不可能會去拍賣會。在這裡，經歷了許多的第一次！

今天則是海上夏日祭典，充滿了和風氣息，大家摩拳擦掌準備許久，值得拭目以待。

昨天又調慢一小時，乘客多睡一小時，工作人員多工作一小時。工作人員佳蓉說，他們每天都想盡辦法希望乘客們開心，多麼美的心意。雖然是工作，但他們的用心是可以感受到的。昨晚的拍賣就是個好例子。

船上有許多年輕的工作人員，他們真心愛著這艘船，可惜待遇實在太低，未來該往何處去？

我年輕的時候別無選擇，如果考不上公立高中，只能當女工。所以只能拚命考試，是姊姊誤打誤撞把我送進師範體系，踩進國家豢養之門，渡過整個職業生涯。這是一條筆直的道路，沒有懷疑、沒有停歇，卻不知是幸，還是不幸？

昨天去跳日本舞時，把所有專注力都放在學習，身體聽從指令，按照規矩擺放移動，從錯誤中修改，一直到可以跟著音樂韻律舞動。大家都努力跟上學習的步調。這些舞步，也許很快就忘了，也許一次都用不到，然而，在跳舞的片刻，時間感消失了，胡思亂想消失了，對當下而言這樣就足夠了。

晚上的夏日祭典則是近日的高潮，充滿節慶氣氛。大家從下午就摩拳擦掌，團體表演加上各種比賽，真的好歡樂。工作人員花花的三太子造型更是驚豔四方，成了焦點。

船上有八名幼童，在航程中接受免費的蒙特梭利教育及各種訓練，從生活習慣的養成，到進退應對的禮儀，這時只見他們有模有樣地抬著小神轎進入會場，拉開序幕。接著是人人開心的吃剉冰比賽，十二月天吃冰，還要比快，看到各種表情，各種速度，大家都笑開了，因為姊夫志在吃冰不在比賽，從容就位，全都錄，歡喜一場。

愈夜愈美麗的節慶夏日祭，女士們上了妝，穿上日本浴衣、或者各國民俗衣飾，互相讚美留影。經典的祭典舞蹈現學現跳，滿滿的人潮一同起舞，即使撞來撞去，也感受到高亢的心情。這麼特別的海上祭典，怕是要深印在參與者的腦海了。

冬季裡的夏日祭典，真是獨一無二。

第94天｜又有人吵架了

｜北太平洋

｜晴天｜2018/12/3（一）

親愛的大家：

昨日熱鬧的海上夏日祭典，讓我想起宮崎駿的《神隱少女》。那種豪華歡樂的場面，大家獻出私房服飾道具，加上現購的日本浴衣，還有各團體的表演，加上比賽：吃剉冰、各類民俗舞、太鼓，所有成果都是平日練習的展現，彼此給予熱烈的掌聲、喝采，激盪出歡樂氣息。

早餐，又見彩虹，大家呼朋引伴去捕捉畫面。很宅的女伴完全不知道昨日整天的祭典，她始終打扮美美的，也不急著趕去看彩虹，這也是一種選擇。晚上小提琴二人組演奏，兩個人造詣深厚，要不是擴音設備把原本音色僵化了，其實是很不錯的演出。手風琴獨特的民謠風，加上小提琴拉奏流行樂，很具娛樂效果。和自己以往的拉琴經驗相比，被框在傳統約束當中的苦悶，還不如這樣的表演更有吸引力。

又有人吵起來了。我心裡浮現許多大道理，但現在不宜說教，也不便介入，只要管好嘴巴就可以了。想想以前多麼好為人師，總是脫口一串大道理。

這回因為生活簡單，放下陸地上的世界，又維持最低限度的與人接觸，比較可以聽清楚自己說話的內容和語氣。我的用語也常喜歡用最高級，常用激烈的形容詞，所以顯得很不友善，即使是讚美，也誇張到超出原意，最先感到刺耳的就是自己。想要減少話語，是真看到禍從口出的可能性是這麼高，話一旦出口，就像潑出去的水，難以覆收，想補救只會愈描愈黑。

以前自己常常以專家姿態，說著各大學派專家的學說理論，滔滔不絕有聲有色，不過是依樣畫葫蘆，再透過媒體的傳播，浪得虛名，名噪一時，所幸瞥見了一個破口，看到其中虛無的實相，才停止追求名氣的無知狀態。

就像彩虹的出現，絢麗的色彩，總是吸引人，當雨過天晴時讓人驚豔。沒多久，就消失了。下一個彩虹，會在另一次雨後演出美麗，卻沒有一個彩虹不會消失。而如果沒有下雨，也不會有彩虹，一切不過是因緣和合。

第95天｜把祝福織進毛線裡

｜美國夏威夷大島

｜晴時多雲｜2018/12/4（二）

親愛的大家：

今天就要進入最後一站，夏威夷。船會先經過火山旁，看到火山泥漿形成的黑色礁石，比瓜地馬拉更接近火山。

火奴魯魯島因為郵輪太多，差點沒港口停靠，所以要提前到達。美國上岸手續最繁瑣，竟然要上船檢查、面試，門上貼飾要清除，咖啡廳的用刀要收起來，也太誇張了。

昨夜又調慢一小時，今早更早起身打坐。一到祈禱室，幾個坐在裡面的年輕人徹夜未眠，不知在趕什麼。我後來選擇到隔壁伸展室，這裡通常有人來拉筋、做瑜伽，我做完元極舞之後，躲進倉庫裡打坐，空氣不是太差，可以安心打坐。

夏日祭典的熱鬧過去了，高潮之後，必定要回到平常，就像落入谷底後的反彈。許多人還在分享照片，餘波蕩漾，官方活動緩慢下來，人們不停穿梭，準備最後一個岸上觀光。

行程接近尾聲，船上的許多角落卻開始除舊佈新，準備迎接下個新航程。帶著正在編織的手提包，早早到甲板喝茶吃餅乾，雖然每天的小點心都一樣，對海上生活來說已經是享受。坐在工作區外編織，順便看著工作人員忙進忙出。

船員們正在綁船上的柱子，五十公分見方的四角柱，兩個工作人員用直徑約四、五公分的麻繩，從頂部繞著柱子綁，繩子很粗，只能用錘子慢慢敲打，讓繩子緊實，接著再用白膠固定繩子的銜接處。船上空間有限，迴身的地方也小，只能很緩慢地纏。我低頭看看我手上的彩色毛線，覺得好玩，真是有趣的對比，不變的則是「耐心」。

到戶外吹風時，看到另一組工作人員在換遮陽片。船員卸下舊的，清洗玻璃，再將玻璃和遮陽紙分別打濕，用專門的平板刀刷，從中間往外抹平貼好，仔細檢查玻璃上是否有氣泡，沒貼平，就撕下來重貼。這跟我手上的編織也是一樣啊，知道針法後，還得一次次累積經驗，錯了就拆掉重來。每個專業的背後，都累積了數不清的錯誤、拆掉、重來。

不知道船員們在整理船隻時，內心在想什麼呢？我在編織時，每一針都具體的祝福某個人，想著他的故事、面容，唸出他的名字，祝福他。我嘴角露出笑容，一針一祝福，眉頭打心底鬆開，全身舒暢。

下午，大島出現了！在海上漂流，每次看到陸地都是大事！

夏威夷大島面積約台灣的三分之一，很少人居住，陸地上沒有太多建築物，火山雖然不高，爆發率卻是世界第八，沿海是一整片黑色礁石岸。這個原本自有體系的王朝，成為美國遙遠的第五十州，獨自佇立在太平洋。

第96天｜最後一個停靠港

｜美國夏威夷毛伊島

｜晴天｜2018/12/5（三）

親愛的大家：

最後一站靠港了。夏威夷是一個好的結束地點，我們選擇去毛伊島，卡通電影《航海女孩》的島，島上處處美景，很適合隨便亂玩。更別提因為這趟停留，找到失聯已久的老朋友，真是個完美的句點。

每一次的自由行都有很多事前規畫，也會有許多挑戰和考驗。火奴魯魯是旅程最後一個靠港地，和馬爾地夫一樣是渡假天堂。有了美國當後盾，也沒有沉沒海底的威脅，這個地方是許多人的美好回憶。我上一次來訪，已經是二十多年前，船方安排這個終點站，是恰到好處啊。

這次五人成行，先搭四十分鐘飛機，再租車環島。這個美麗的島嶼，地圖看起來像人的半身像，島上有個國家公園。下飛機才發現車子租錯了地方，租到歐胡島上了，網路的好處是可以立刻重新上網租，不到半小時就拿到車子。美麗的海岸，沿路都是大大小小的飯店和民宿，餐館前隨處可見火把，特顯浪漫。

火山形成的島嶼，黑色礁石、白色浪花，和藍天綠地，舉目所見都是最原始的色調。由海風領頭，一波波的浪，打出白色的花，從礁石堆中噴出，像極了噴泉；矮小柔軟的蘆葦草隨風起舞，在陽光下閃閃動人。是旅遊的心情，讓美麗更加動人心弦。

大飯店專屬的海灘，和遠處的饅頭山，與夕陽搭配演出霞光秀。帆船和浪板穿梭在海灣中，海浪辛勤地撫平人們雜沓的腳印，讓沙灘平整地映照了夕陽金光的倒影。原來夏威夷美麗的黃昏沙灘影像，就是如此啊。

在夏威夷意外聯絡上老朋友，阿基。他是妹妹的朋友，只大我一歲，小姊姊一歲，看著彼此從青少年到如今進入花甲之年，勾動了許多陳年往事。記憶中不愛讀書的才子，如今禿頭微腹。失去聯繫的幾十年間，他娶過三個老婆，生了四個小孩，最小的現在才四歲，愈交談愈找回以前認識的他，感覺很有意思。

阿基七千美金的存款故事，真是有趣極了。他每次存錢，存到七千美金的時候，都因為家人有急需，比如車禍、生病之類的，而不得不將錢拿出來應急。最後他終於決定，不要再存錢啦！聽著他把過往經歷當成笑話般說出來，這才是我們熟悉的他，如今他已精彩的活出自己的故事，從紈褲子弟到負責照顧三個家庭的老闆，已不可同日而語。

第97天｜旅人的善意

｜美國夏威夷歐胡島

｜晴天｜2018/12/6（四）

親愛的大家：

因為接下來沒有景點了，加上船行顛簸，有少數人乾脆提早下船回家。我一時想不出有什麼理由需要提早下船。在船上時間都是自己的，回家後是不一樣的世界。

早上悠閒吃了美式早餐後，到海邊散步，一時興起，學年輕人拍照，幾個六十歲人玩得很開心！海灘上有一座美麗的人魚雕像，還有一座正在製作中的人像，走近一看，已經作品成冊的藝術家，在此地有工作室，接受預約。很多海洋生物都出現在作品裡，海星、貝殼，很美麗。

阿基先前熱情邀約我們全家到夏威夷找他，等我們坐著船到了，他真的連當兩日司機兼採買員，先帶大家爬鑽石頭山，還請了一頓大餐滿足我們的中餐胃。這一切的安排，都展現了他的念舊、體貼，要五毛給一塊的阿基，真的是大氣度，讓人感動。

載著一車子的食物和水回到船上，工作人員鈴木笑問我們是否要開店？幸運的是遇到碼頭工人幫忙，用推車幫我們把東西送到船上，而且不收小費。接著，周氏夫婦也幫忙把所有東西送到房間。這一切都讓人感動。

出門在外，互相幫彼此一把，那樣的體貼與善意更讓人感動。

第98天｜海上犀利人妻

｜太平洋

｜晴天｜2018/12/7（五）

親愛的大家：

航程進入尾聲，看著船上電視播的電視劇《犀利人妻》，好像更接近家鄉了。這段時間和各國人接觸，清楚感受到不同文化在人身上帶來的養成。電視節目的風格也很不一樣，因為不一樣，才更認識自己。

今天天晴，卻浪大，打坐時搖晃傾斜，也沒辦法運動。據說在通過換日線後，風浪就會緩和，既然沒法打坐也不能運動，就給自己一個賴床的理由囉。手錶因為忘了充電，像死翹翹一樣，充了一夜電都沒動靜，後來才搞懂，強迫關機就可以活過來。

電視上演著《犀利人妻》，跟室友們一起觀看，從一開始的疏離陌生，到現在真的像是一家人，也就到了結束的時候。這一百零八天的旅行是否盡興，沒有殘念？夏威夷回來後，一點都不會再去回想過程。

下午有工作人員演出阿拉丁舞台劇，年輕的生命需要燃燒，要發光發熱。雖然舞台劇是用日文演出，但音樂跟故事都很熟悉，猜得懂。船上的工作人員負責跳舞，穿著五彩繽紛的衣服，充滿活力，看得出來練了很久。如今的我除了看熱鬧，更明白華麗的背後是汗水，投身演出時的震撼力，讓我大聲鼓掌叫好。

大風大浪過了，雨後彩虹來了，彩虹兩端深入海裡，這是只有海上才能見到的景色，相機拍不起來，對很多鏡頭獵人而言是個遺憾，但能看到原本的樣貌就是幸運啊！很多事情是要去經歷，然後造成改變，而不是忙著捕捉。

第99天｜最後的待辦清單

｜太平洋

｜晴天｜2018/12/8（六）

親愛的大家：

這幾天雖然是晴天，但風浪很大。可能是海很深，對大海也許只是小波震動，但對船來說卻是大浪。乘風破浪，常常撞擊出像汽車碾過大石頭的聲響。

今天是忙碌的一天，真慶幸自己沒有選擇過多的活動，否則就算有充實感，也沒有足夠的空間消化。

第九十九天了，好多事情要進入尾聲，躲在人後的日子很舒服，但終究要回到現實。

待完成的事情好多：

- 完成粉紅兔寶寶
- 整理明信片
- 搞懂烏克麗麗
- 整理大行李
- 清洗衣服
- 洗照片給室友們

這些細節醞釀了階段的結束，也表示有好多錯過的：

- 寫作的工作

- 甲板散步
- 看晚霞和彩虹
- 台灣流行歌合唱
- 卡拉ＯＫ

晚上去「波平」餐廳，船上可以點菜的小居酒屋。我平日不用晚餐，下午唱完歌大家興起，就去吃拉麵。我點了碗茶泡飯，少了點味道，就是我們熟悉的茶漬料理包。姊姊的艙房提供了很好的飲食環境，用礦泉水泡咖啡，堅果、餅乾當早餐，飯後還有橘子，簡直是天堂，但只剩一週，到時吃不完就成了煩惱。分享是最好的方法。

室友們很喜歡我送的照片，開始有別離的氛圍，室友小宣的大眼睛平時看起來冷靜，卻特別對這幾日的《啟航歌》、《萍聚》流露感傷。人通常會把情感壓抑藏匿起來，讓自己不受傷害，願意表露感受是一種信任和善意。

第100天｜又說錯話了

｜太平洋

｜陽光｜2018/12/9（日）

親愛的大家：

第100天了，離啟程時間愈遠，卻愈靠近回家的日子。繞了世界一圈，我終究要回到來的地方。

昨晚把藥停了，一夜都是夢。吃藥換得睡好覺，但也讓腦袋沉重轉不快。在船上這樣挺好，回到日常就該停了。

早上做暖身運動，地板搖晃很厲害，平常跳元極舞時可以專心在動作裡，現在卻是得費力保持平衡站穩腳步，完全無法單腳站立，有時抬腳向前，卻踏在後面，踉蹌不成舞步。今天更專注，發現要把整個重心放在自己的身體，每個片刻都找到重心，不能借地使力。為了怕跌倒，單腳的動作改成點地，因為全神貫注所以比往常流暢，意識到要和地心引力分開保持獨立真是不簡單的狀態。

可能是沒有吃助眠藥，昨夜雖然醒來幾回，精神反而清明，暖身過程出現一次擔心，以往總覺得獨佔整個祈禱室很不妥，總怕被發現，後來漸漸可以接受原本就是規畫好的，我沒有霸佔，只是沒人進來共用。暖身時是動態，跟打坐靜心不一樣，所以會看到路人好奇的眼光，這會讓自己分心。只剩一週了，不知自己是否可以真的放下路人的眼光。

昨天發現自己的習性，會自動抓取飄過的念頭，這個發現讓今天的打坐有不一樣的狀態。寂靜、當下的覺知更清楚，也很快看到念頭的入侵，而且一旦看到，就可以很快停止。難怪許多聖人或走在前面的同修，很在意雜染的進入，總是如臨大敵的防範。之前總覺得好像不知道什麼叫雜染，也不懂要防範什麼？自己解釋那是出家人的世界太單純，戒律太多，才需要這麼緊張。要不是自己經歷了這個瞥見，是完全無法明白別人在說什麼的。接下來的變化，已經超出我可以預見的範圍，也不知道下船之後可以維持多久，這和當初上船的時候，不知道自己來做什麼的「不知道」，有很大的不同。一樣的茫茫大海，坐船有人幫忙駕駛，人生苦海卻得自己航行，但我不再掙扎，不再懷疑。

上船後，看著琳瑯滿目的課程不動心，活潑熱鬧的活動不干擾，就在此刻，別人與自己的質疑都有了答案，看得到自己在做什麼，是我所需要的。

信步走上頂樓甲板，想找個可以坐下來編織的地方，但許多地方都在油漆，味道很重。十一樓一對對情侶，在甲板、在角落，或躺或坐，膩在一起享受陽光海風，這樣的日子倒數了。意外看到學妹也成對了，默默地祝福她。

回到房裡繼續編小兔子。學妹回房，我沒管住嘴巴，說她看上去卿卿我我好幸福。學妹說今天是她父親忌日前一天，心情很不好，所以找人陪，不是卿卿我我。我忽略她的感受，繼續開她玩笑，最後她離開房間。這個隨便成了我放不下的抱歉。整個晚上就等她回來，向她道歉。想當初媽媽剛過世，那個痛幾乎不能碰，我怎忍心如此開玩笑？

如果沒有走過這麼多海，就不會想到太平洋分南北。船在大海中變渺小，彩虹卻變得好大，點點滴滴都讓人懂得自己真的很小。

第101天｜消失的一天

｜太平洋

2018/12/10（一）

親愛的大家：

船上沒有今天這個日子喔，你說奇怪不奇怪。

我們船上會消失一天。今天經過國際換日線，直接從12月10日跳到12月11日，經過28次的調整時間，一次歸零。世界照常運作，船繼續往前進。

第102天｜每個人的總驗收

｜太平洋

｜多雲｜2018/12/11（二）

親愛的大家：

今天是總驗收，下午3個多小時的成果發表會，是各自領成績單的時刻。這回我什麼課都沒修，單純去拍拍手，感覺挺好的。阿奇拉母女一家三口要表演舞蹈，特別通知我，她們的臉龐和當初上船的蒼白拘謹完全不同了，這是一艘魔術船。

下午的成果發表會，因為阿奇拉媽媽的邀請，特地去看阿奇拉姊妹的表演。我帶上編織，邊欣賞邊自得其樂。第一次花這麼長的時間觀看，現在已經沒有咳嗽聲，來來去去的觀眾，都讓我覺得自在。

很欽佩上台者的熱情，盡其所能的裝扮、練習、展現自己，這些曾經多到讓自己感到已經變成負擔的上台表演，演出背後所付出汗水我很清楚。

這種活動早早就被自己排除在生活之外，現在能當觀眾，能如此輕鬆參與，我很願意鼓掌叫好。兩姊妹三個月來長大好多，為自己精心打扮，挑的是當紅的日本少女歌舞。畢竟不是經常表演，但願意展現自己，博得很多人的掌聲！

每個人的階段不同，需求不同，動機也不同，這裡提供了所有可能，任君選擇，有很大的包容空間。每個人都會要到自己應得的，好與壞都取決自己如何決定和行動，這是個魔術空間。很明顯地，要為自己的行為後果負責。

我只想獨處，我很滿意這裡提供了生活機能的服務，品質很好。我做了自己想做的事，好好跟自己相處，在姊姊夫婦的照應下，沒有太多干擾，也是老天的成全。我拿到自己打的成績單，是我要的分數！姊姊夫婦也很滿意，已經決定下次行程並報了名。

這艘老船的魅力，只有上船後才明白。

第103天｜珍惜眼前的幸福

｜太平洋

｜晴有風｜2018/12/12（三）

親愛的大家：

到了收網的時刻，只剩4個整天就到橫濱，完成繞地球一圈的航程，100多天的生活，開始打包，行李箱出現了，舊衣服開始拋棄，填寫了日本入境資料，道別的螺聲輕輕在心中響起。

另一個開始在結束時迎面而來。

開始收拾行李了，平日掛滿濕衣服的地方，丟的丟、收的收，衣服漸漸消失。

最後一次安全演習，大家好像比較甘願，穿上救生衣談笑風生照相留影，我拿著編織跟著人群，走到指定位置。放眼望去對我仍然陌生的人群，室友們仍然各自找自己的朋友聊天，然後莫名其妙地結束解散，完成訓練的流程。

吃過飯，走上甲板，太陽高掛，海風大到可以吹起外套，我坐下來編織。抬眼有晴空，下望有藍海，各樣白雲襯著穿梭的海鷗，我把這些織進綿線、藏到心裡，覺知著內在的寂靜，這些足夠我的需求。

張同學帶著木木先生散步經過，洋溢著幸福。單身數十年，她終於找到適合的人，姊姊說不就是兩個老人嘛，哈哈，她忘了每個人都是年輕過來的，這位男士讓我同學恢復元氣，甚至更美麗，他適度的進退讓人欣賞，祝福他們！

回到自己，我有編織、有靜寂、有藍天、有海風，還有搖擺的風浪，而我竟然是坐在甲板上！多麼大的幸福……

沒有永久的幸福，能擁有多久就擁有吧！

第104天｜南京大屠殺的演講災難

｜太平洋

｜陰天｜2018/12/13（四）

親愛的大家：

每個事件都是最後一次，這讓我想起退休那週的心情，每個片刻都提醒自己，最後一次了！以前有感傷、不捨，這次是輕鬆、有趣，無論如何日子就是這樣在過。

大家可安好？沒有我的日子可有不同？我就要悄悄地回來了……

昨晚沒吃助眠藥，又聽了日本課程錄音帶，頭腦停不下來，無法入眠，只好起身吃藥。想想至少有兩次沒吃藥成功地睡著，就剩四個晚上了，已經沒那麼擔心睡不著。早上因為忘了調時差，以為睡過頭，一屋子人都搞不清到底幾點。看了電視螢幕時間，發現還來得及去打坐，轉身去祈禱室打坐、運動，補足該做的事情。

今日船上有南京大屠殺的演講，邀請一位日籍中國人分享。但由於講者輕描淡寫，激怒現場了中國人的愛國情操，連「漢奸」的字眼都跑出來了。許多人加入謾罵，現場氣氛愈來愈高漲，讓演講者當場落淚。

突然有一位台灣人說話了，在混亂中建議大家為事件默哀一分鐘，把現場的壓力導入安靜。這真需要好大的勇氣和智慧，我在心中大大喝采。同樣的事件總是會出現多種聲音，看法的落差容易在語言上產生衝突，如何透過語言或其他方法疏導衝突中的情緒，是很不容易的事情。很佩服可以適時做出這樣引導的人。

第105天｜告別晚宴

｜太平洋

｜浪平息了｜2018/12/14（五）

親愛的大家：

昨天一場南京大屠殺的演講，差點失控。因為是中國在紀念這個傷痛，卻由日本人碰觸這個議題，讓最後幾天臨別依依的氣氛突然緊張起來。政治議題真是個不定時炸彈！

結束了小包包的編織工作，在甲板上碰到編織老師，兩個人用破破的英文聊天，相約去京都找她，海風做見證，這是我這次交到的日本朋友，真高興。

兩個老同學各自找到伴，走進船上的春天，會不會變成只是春夢一場就看緣分了。不過我自認有媒婆命，可以促成送作堆，但這回可要小心了！只有祝福，其餘不多說，用力管住自己的嘴吧！

昨天沒吃藥，睡得很淺，有許多夢境，紅衣女鬼、照妖鏡，應該是來自白天看的電影《西遊記》；接著突然又回到家了，女兒瘦了、兒子也出現，還有一些錢的苦惱，言語中有許多意見不合，我看到自己的應對態度，就是小任性，看到自己無心的決策影響家的走向，不停地說：「我有這樣嗎？」滿腹委屈。想來是投射了學妹鏡子裡的自己。

起床後想去靜坐，發現祈禱室裡有人在拉筋，我徵得她的同意關燈，讓我進行打坐。不久後她就離開了。真感謝有祈禱室的設計，只可惜後來才使用，但已經幫助很大了。

今天打坐時比較不穩定，我把注意力提高一些，突然看到自己是被關在身體裡；再升高，看到被關在和平號裡；再升高，發現我們被關在地球上。為什麼用「關」這個字眼，是因為別無選擇，我只能用這個身體來活，我在海上只能待在和平號上，我身而為人，只能活在這個星球上。

我的覺知不屬於身體、不屬於我在的地方，也不在這個星球，僅僅是一種存在的狀態。

我對（真理）正法的渴望，形成了這次旅行的契機，法透過二姊的存在，實現了這次航行，她幫助我建構了一個類似閉關的生活空間，航行一開始他們去旅行一週，我使用他們房間獨處，進行三天小閉關，之後才展開了這一百零八天封閉的人間修行。

和平號帶著我們在地球上移動，把身體帶離習慣的生活環境，每一次的靠港，都是一次洗禮。變動的生活、不同的人種和文化，一次又一次對熟悉的物質世界砍下一刀，只是業力與習性是有機體，很快地就會回到原處。我看著發生的一切，看著自己和別人的不同，看著剪不斷理還亂的思緒跟著外在刺激團團轉。

網路幫人們快速地與原來的世界接軌，「法」連這個也安排好，斷了我的念頭。上網失敗幾次後，我接受這是最好的安排。也真的回收注意力，去探索自己內在的世界。

內在的發生是同步的，和平號帶著乘客們探索世界，我以我的注意力探索著我的內在，同時經歷著當下所發生的一切，如果沒有長達一百零八天的航行，如果沒有姊姊夫婦的護航，我無法走到這裡，我讚嘆、感恩，珍惜。

晚上的告別晚宴上，大家把壓箱底的華服都秀了出來，上海的周太太穿著自己織的毛衣，引來一陣驚嘆；姊姊一身禮服加上項鍊，美麗的貴婦人模樣。我對華服沒有留戀，卻還是乖乖聽姊姊的話，把自己打扮好，走入人群。新舊朋友拍照確實很歡樂，只是我不再主動追求了，其實無論怎麼樣，都是好的。

第106天｜最後的打坐

｜馬里亞納海溝

｜多雲稍冷｜2018/12/15（六）

親愛的大家：

今天要拍畢業前大合照，船長穿上黑色大禮服，保持笑容地讓大家排隊照相，一如剛上船，但他今天看起來有輕鬆些。

最後的盛裝晚餐，所有工作人員集合在餐廳向大家告別，真的很感謝這些無名英雄。想到他們辛苦工作之餘還要花心思娛樂大家，水準超出想像，很被取悅。

打包的一天，有形的、無形的，都要取捨。

今天是最後打坐，大行李要打包了，不能留下太多隨身物件，打坐的蓋布要收起來。房間開始清垃圾，打包行囊，給小費。小費是看個人意願，付給船公司的費用裡已經包含了，但是想到我們去玩耍，卻讓工作人員辛苦，我真願意給他們額外的小費。室友曾經為此有不同意見，最後決定各自操作。這樣很好。管家馬那有兩個女兒，我給了好吃的糖果，他苦笑了一下，給我看他女兒的照片，原來還在餵奶。難怪，是我表錯情！他拿到小費，笑得好開心，說了很多我聽不懂的開心和叮嚀話語，很讓我感動，謝謝他。

房裡室友在款行李，我沒地方落腳，索性到八樓去織小天使。很多人來看航海圖，我倒是第一次仔細端詳，船橋上的世界海洋圖每天用鉛筆畫上我們走過的路線，標上日期、航行里程數字，我們跟著船老老實實地航行地球一週了！

今天航海圖標著浪高五尺，顛簸得厲害，原來我們走在海洋深溝上，海的浪花和顏色更多變，浪的坡度更巨大，但不是撞擊的劇烈，也不是乘風破浪，而是跟著大海起伏。

為了消化掉最後的優待券，晚餐去波平吃，最後一筆消費是幫家人買紀念毛巾。

第107天｜行李送走了

｜太平洋

｜陰天，冷｜2018/12/16（日）

親愛的大家：

開始運送行李了，這裡的服務甚至可以幫忙宅配回家。工作人員到房裡收大件行李，按照樓層分顏色，個人行李要按件數編號，這一天就是打包打包打包！

八樓的航海圖已經畫到橫濱了，明早就要通關面試，也因為靠近陸地，航行感覺平穩很多。

行李拿走，艙房空了下來，人心漸漸浮動。大家忙著道別留影，我倒顯得無所事事。雖然做些事可以讓人更容易有記憶點，但對目前的我卻是可有可無，我更享受自己的時間。小天使的翅膀也編織完成了，三個不一樣的天使，是自己的顯像。

我們這間房間沒有特別告別，只是互相說些話，好好住了一百零八天的緣分，就是感謝。

室友學妹在對帳單時，多了一筆帳，剛好又和新男伴有關。前幾天開始，學妹一直覺得這段感情不能太認真，反正是萍水相逢，看來顯然是走不下去。人怎麼想，事情就怎麼發生，這是愈來愈清楚的法則。

編織老師跟日文小老師，是我這回認識的日本人，不清不楚的溝通，各憑本事的學習，很自在、平安的交流。

這回也見識到新加坡人和馬來西亞人的民族性，他們都很有企圖心，馬人更善於玩樂，新人則低調些。每個國家代表同一地區的生活環境，浸淫其中，會有特別的共同意識和道德標準，愈深入影響愈大，牢不可破，從瞭解的層面可以增加包容的廣度。

第108天｜只想成為我自己

｜日本橫濱

｜下雨了｜2018/12/17（一）

親愛的大家：

衷心感謝工作人員的服務，我的108天航海，專心面對自己的日子裡，衣食無缺、環境清潔，都是他們的努力。突然明白，我所有的需求都是他人的奉獻，我可以如何回報？

再飛一下就到家，我們很快就可以見面了，見面聊。

早上大家醒得早，突然看到碼頭「走」過來，學妹和我驚叫：「移動碼頭！」真有意思，碼頭上有人有車有燈光，一直迎面而來，小萱靠近看，直呼「不可能」，立刻打破幻象。唉，就連最後的對話，都在確定是對誰錯……

下船後，迎來最後一個考驗。我掉了一件行李，裡面除了舊衣服和打坐的蓋布，還有船上編織的兔子家族，這趟旅行的唯一成果。捨得嗎？要追回來嗎？能追回來嗎？追回來又能留住什麼呢？投入的時間？心血？還是記憶？

好不容易到了車站，難道要為了追回一件行李而演變成一場災難嗎？超人姊姊動員朋友的力量，希望可以找回來，但我一轉念，告訴自己放下吧。

三個老人，七件行李，三個背包，兩個烏克麗麗，在大雨中搭特急列車趕去機場，航海任務完成，我畢業了！

一百零八天的航行與內觀，我看到自己內在遇到刺激時的感受與反映，熟悉卻又遙遠。海上無處可逃，我決心看著自己的陰暗面，也看到每個人內在都存在著陰暗，於是厭惡人群，拒絕與人互動。然而，逃避是不可行的，船上封閉的空間無處可躲，要經得起冒犯、批評，最終還得保持友善。這真的很不容易。

我想要放過自己，在我做得不夠好的時候，原諒自己，接受自己。

在我的前一本書，《我的退休進行式》出版前，可愛的編輯問我：「你為什麼一直在反省自己，對自己這麼嚴格？」我聽了很訝異，一日三省吾身不是應該的嗎？為什麼她好像在可憐我？最終，編輯把書裡沉重的部分拿掉，說讀者看了會難受。

我一直沒有機會好好思考這件事，直到這次難得的時空，封閉而漫長的旅程，才有機會更深入地探究。在船上看到人與人間的風雨傳聞，讓我很不耐煩，從而才有機會看懂，原來對自己嚴格也導致我討厭人群，討厭自己。

我在面對人的時候，選擇了負面的質地，而姊姊恰好是我的對照組。她熱忱親人，從她的言行舉止中，我看到如何表達對人的善意與好奇，也看到自己再度陷入自責。姊姊告訴我，每個人的想法與做法本來就不一樣，這道理我明白，但在與人互動時，她選擇接受，我選擇批判。

也許很多人認為我自尋煩惱吧。但如今我已然明白，這就是我的生命態度，所謂的「為難自己」是為了想修正自己，尋找適合自己的方法。一路上想著要往哪裡修？修什麼？我知道我並不想成為別人的樣子，卻又看不到自己，所以才要透過看別人和自己的互動去照看自己，像看鏡子般地看到自己，然後可以去修正自己的行為，更合乎本然，於是可以自由、自在、自發地過日子。

國家圖書館出版品預行編目（CIP）資料

只想成為我自己：環遊世界 108 天的航海日記 / 謝芬蘭著 . --
初版 . -- 新北市：小貓流文化出版：遠足文化發行 , 2019.07
14.8*21 公分

ISBN 978-986-96734-4-0 (平裝)

863.55　　108010993

只想成為我自己：環遊世界 108 天的航海日記

作　　者　謝芬蘭

總 編 輯　瞿欣怡
責任編輯　林勝慧
美術設計　hsin.design
排　　版　游淑萍
印　　務　黃禮賢

社　　長　郭重興
發 行 人
兼出版總監　曾大福

出 版 者　小貓流文化
發　　行　遠足文化事業股份有限公司
地　　址　231 新北市新店區民權路 108-4 號 8 樓
電　　話　02-22181417
傳　　真　02-22188057

法律顧問　華洋法律事務所 / 蘇文生律師

共和國網站　www.bookrep.com.tw
小貓流網站　http://www.facebook.com/meowaytw/

定　　價　360 元
初　　版　2019/7/24
I S B N　978-986-96734-4-0

小貓流